Petra Burghardt
Neue Geschichten von drüben

Foto: Jens Wegner

**Die Autorin**

Petra Burghardt, geboren 1941 in Hamburg, ist Journalistin und PR-Beraterin. Sie arbeitete als Reporterin für Zeitungen und Zeitschriften wie WELT am SONNTAG und HÖRZU, veröffentlichte das Buch »I love Aussteiger« und schrieb Presse- und Informationsdienste zu Themen wie Bildung, Elektrizität und regenerative Energien. Im Internet ist die Autorin zu erreichen unter www.petra-burghardt.de.

Petra Burghardt

# NEUE GESCHICHTEN VON DRÜBEN

**Bibliografische Information der Deutschen Nationalbibliothek:**
Die Deutsche Nationalbibliothek verzeichnet diese Publikation in der
Deutschen Nationalbibliografie;
detaillierte bibliografische Daten sind im Internet unter
http://dnb.d-nb.de abrufbar.


© 2010 Petra Burghardt

Titel-Idee:
Andrea Bunsen, Costarainera/IM

Cover & Grafik:
Henrik Rath/hallona-grafikdesign, Zarrentin

Satz, Herstellung und Verlag: Books on Demand GmbH, Norderstedt
ISBN 978-3-8391-7606-1

# Inhalt

Vorwort 7

1. *Katrin + Karen Greßmann*
   Die Kinder der Revolution 8

2. *Torsten Brüser*
   »Ich musste nicht mehr flüstern!« 19

3. *Jürnjakob Swehn und Fritz Döscher*
   Von Auswanderern und Sesshaften 31

4. *Jacquelin Thomas*
   Den Vater in Libyen aufgespürt 39

5. *Renate U. Schürmeyer*
   Kleider in Zement 48

6. *Ernst Haack*
   Ausgewandert nach Schadeland 55

7. *C.-A. v. Treuenfels + Margarete Schwarz*
   Neuhof und die Vertriebenen 64

8. *Peter Drauschke*
   Das vergiftete Paradies 77

9. *Martin Rohrbeck*
   Der Dreh vor der Haustür 89

10. *Eckhard Hellmich*
    Tausend fremde Babys 98

11. *Elfriede Schmitt*
    Verliebt in MeckPomm 109

Bibliografie 118

# Vorwort

Wie wiedervereinigt sind wir Deutsche eigentlich – 20 Jahre nach dem Beitritt der Deutschen Demokratischen Republik (DDR) zur Bundesrepublik Deutschland am 3. Oktober 1990 und 21 Jahre nach dem Mauerfall vom 9. November 1989?

Der neue Bundespräsident Christian Wulff will Brücken bauen – auch von West nach Ost. Sein Vorgänger Horst Köhler hatte bei einem Bürgergespräch in Mecklenburg-Vorpommern im Sommer 2008 schon die Gebrauchsanweisung dazu gegeben: »Das Wichtigste für die innere Einheit ist, dass sich die Westdeutschen und Ostdeutschen austauschen, sich gegenseitig ihre Geschichten erzählen.«

Zu erzählen gibt es viel – von neuen zu alten Bundesländern und umgekehrt, vor allem aber von alt zu jung. Denn so wenig Westdeutsche über das realsozialistische Leben in der ehemaligen DDR gewusst haben, so wenig wissen junge Leute in den neuen Bundesländern heute über das Leben ihrer Eltern und Großeltern.

Geschichte lässt sich am besten an Geschichten erfahren. Und gut zwei Jahrzehnte »danach« sind für viele Menschen in der Ex-DDR ein hinreichender Abstand, offen und ungeschönt über sich und ihr Leben im gescheiterten Arbeiter- und Bauernstaat zu sprechen. Ihnen allen sei Dank!

## 1. *Katrin + Karen Greßmann*
# Die Kinder der Revolution

Zwei Sätze aus dem ersten Buch mit »Geschichten von drüben« verlangten ein Nachhaken. In dem Kapitel »Dietmar Greßmann – Brückenbauer von Ost nach West« heißt es: »Am 29. Oktober 1989 darf Dietmar Greßmann zum ersten Mal mit seiner Frau in den Westen fahren, zum 60. Geburtstag eines Cousins des Vaters. Die jüngste Tochter Karen weint herzerweichend und fragt immer wieder: ‚Kommt ihr auch wieder?'« Warum hatte die damals Siebenjährige solche Angst? »Weil schon andere nach drüben gegangen und nicht zurückgekommen waren«, erzählt Karen Greßmann heute. »Darüber wurde in der Schule gesprochen.« Ihre Schwester Katrin ergänzt: »In meiner Klasse blieben plötzlich zwei Plätze leer. Eine Familie hatte den Weg über Ungarn genommen.« Und Karens Freund Olaf Kicinski fügt hinzu: »Unser Geografielehrer, der immer gemahnt hatte, ‚man darf nicht abhauen' – der war schon vor der Wende weg!«

Die Kinder der friedlichen Revolution in der Deutschen Demokratischen Republik (DDR) sind heute um die 30 Jahre alt. Wie haben sie die Grenzöffnung am 9. November 1989 erlebt? Wie war das, als plötzlich alles anders war: Der Unterrichtsstoff in den Schulen, der Bildungsauftrag der Lehrer, das Warenangebot in Läden und Kaufhäusern, die Zeitschriften und die Reiseziele? Und wie war die erste Begegnung mit Westdeutschen?

Rückblick an einem sonnigen Maitag im Jahr 2010 auf der Terrasse der Greßmanns im mecklenburgischen Wittenförden bei Schwerin. Die Teilnehmer:

– Katrin Greßmann, Jahrgang 1980, war noch vor dem Abitur am Sportgymnasium Schwerin ein Jahr als Austauschschülerin in Südafrika, absolvierte ein Freiwilliges Soziales Jahr (FSJ), studierte an der Fachhochschule in Idstein und arbeitet seit 2006 als Diplom-Ergotherapeutin in einer neurologischen Rehabilitationsklinik in Heidelberg

– Karen Greßmann, Jahrgang 1982, war vor dem Abitur am Sportgymnasium Schwerin ein Jahr als Austauschschülerin in Neuseeland, studierte nach dem FSJ Diplom-

Sportwissenschaft an der Universität Jena und arbeitet seit 2010 als Sporttherapeutin im Universitätsklinikum Jena an der Klinik für Kinder- und Jugendpsychiatrie und Psychotherapie

- Olaf Kicinski, 1977 in Schwerin geboren, wurde nach der Mittleren Reife Vermessungstechniker, holte dann auf dem Abendgymnasium das Abitur nach und studiert jetzt in Jena Sport und Erziehungswissenschaften; er ist seit acht Jahren mit Karen Greßmann liiert

- Christoph Bergmann, 1982 in Heidelberg (Baden-Württemberg) geboren, studierte nach dem Abitur Elektrotechnik, dann Physik und Astronomie in Heidelberg und Austin/Texas, arbeitet jetzt als Diplom-Astrophysiker an der Landessternwarte Heidelberg-Königstuhl und will promovieren; er und Katrin Greßmann sind seit fünf Jahren ein Paar.

Also drei Ostdeutsche gegen einen Westdeutschen?

Christoph lächelt sehr fein: »Ich bin auch ein halber Ossi! Mein Vater stammt aus Chemnitz[1]. Er ist 1958 von Berlin aus in den Westen gegangen, weil er in der DDR nicht studieren durfte. Aber wir bekamen von Freunden regelmäßig Ost-Pakete mit dem berühmten Baumkuchen, dem mit der herrlichen Nougatfüllung.«

Olaf: »Und wir kriegten von einer Tante aus Aachen regelmäßig Pakete aus dem Land, in dem es so tolle Micky-Maus-Hefte und Nutella gab.«

Das Ehepaar Greßmann hatte keine Verwandten in der Bundesrepublik, die Pakete hätten schicken können. Aber: Der Großvater der Mädchen leitete die staatliche Großhandelsgesellschaft für Obst, Gemüse und Kartoffeln im Kreis Hagenow und brachte ab und zu Bananen und Apfelsinen mit – für die meisten Ostdeutschen unbekannte Köstlichkeiten.

Karen: »Ich habe nie verstanden, warum ich darüber nicht reden und das Obst auch nicht mit in die Schule nehmen durfte!«

Den Abend der Grenzöffnung verschlafen die Greßmann-Töchter.

Katrin: »Am nächsten Morgen war meine halbe Klasse leer. Die Mitschüler waren mit ihren Eltern in den Westen gefahren, nach Lübeck, Mölln oder Hamburg. Und am Sonnabend kam keiner mehr zur Schule. Wenig später wurde dann in der DDR der Samstag-Unterricht abgeschafft.«

Einen Monat später, mit Datum vom 6. Dezember 1989, bekommt die siebenjährige Karen Greßmann ihre »Mitgliedskarte für Jungpioniere«. Sie darf nun – zumindest noch für einige Monate – das blaue Halstuch der Jungpioniere tragen und beim wöchentlichen Fahnenappell das Pionierversprechen ablegen:

»Ich verspreche,
ein guter Jungpionier zu sein.
Ich will nach den Geboten
der Jungpioniere handeln.«[2)]

Ab Klasse vier wurden alle DDR-Schüler zu Thälmann-Pionieren. Sie trugen nun ein rotes Halstuch und waren stolz, nicht mehr zu den Kleinen zu gehören.

Katrin: »Ich bin nicht mehr Thälmann-Pionier geworden. Und ich hatte Angst, ich werde nie mehr groß!« Dafür gehörte sie zum ersten DDR-Jahrgang, der schon ab Klasse fünf und nicht wie bisher ab Klasse sieben Englisch lernte. Eine Umstellung auch für die Lehrerin. Katrin: »Sie kam in unsere Klasse, blickte uns an und sagte: ‚Ach, seid ihr klein!‘«

Olaf: »1986/87 war ich auf der Kaderschule 17. POS M.I. Kalinin[3] in Schwerin. Einmal bedankte ich mich beim Essen statt mit dem russischen ‚spasibo‘ mit dem englischen ‚thank you‘. Daraufhin wurde ich vor die Tür geschickt, und es gab einen Schultadel mit Eintrag ins Klassenbuch. In Sport gehörte ich immer zu den Besten; ich bekam auch Urkunden für gutes Lernen, aber ich war nicht sehr systemkonform.«

Karen: »Wir hatten in der siebten und achten Klasse eine Russisch-Lehrerin, die nun Französisch unterrichten musste. Als wir in der neunten Klasse eine richtige Französisch-Lehrerin bekamen, habe ich kein Wort verstanden! Ohne die Wende wäre ich vielleicht nicht bis zum Abitur gekommen. Denn ich hätte meine Englischkenntnisse nicht als Austauschschülerin für ein Jahr in Neuseeland verbessern können. Oder wie Katrin in Südafrika.«

Für Olaf, der als Scheidungskind bei der alleinerziehenden, voll berufstätigen Mutter sowie in Krippe, Kindergarten und Hort[4] aufwuchs, »war Abitur von Haus aus überhaupt kein Thema.« Er zeigt auf seine Freundin Karen und lacht: »Auf die Idee mit dem Abendgymnasium hat sie mich erst gebracht!«

# URKUNDE

„Für gutes Lernen in der sozialistischen Schule"

*Olaf Kicinski*

Name, Vorname

5

Klasse

wird für gutes Lernen
und für vorbildliche gesellschaftliche
und außerunterrichtliche Arbeit
im Schuljahr 19**88** /**89** diese Urkunde
verliehen.

**Karl - Marx - Oberschule
27 SCHWERIN**
Joh.-R.-Becher-Str. 14

Direktor

*Schwerin* , den **30.06.1989**

Best.-Nr. 500 89  VV Spremberg  Ag 310-85-DDR-3327 I-5-20  2572

Nach dem Mauerfall sind einige Schuldirektoren und Lehrer von heut auf morgen weg – entlassen wegen einer DDR-Biografie, die für Erziehung und Bildung junger Menschen in einem demokratischen Gemeinwesen nicht geeignet scheint. Wohlmeinende Warnungen gibt es für die ostdeutschen Schüler trotzdem: »Jetzt beginnt ein anderes Zeitalter. Nun müsst ihr eure Ellenbogen gebrauchen!«

»Stimmt«, sagen die drei Ostdeutschen.

Katrin: »Wir haben als Pioniere gelernt, einander zu helfen. Das ist heute nicht mehr selbstverständlich.«

Olaf: »Uns wurde Solidarität und Gemeinschaft vorgelebt. Bei Treffen mit Schulfreunden in Schwerin spüre ich immer noch unsere Gemeinsamkeiten.«

Karen: »Heute wollen alle alles haben! Als 1992/93 auch bei uns die Werbung richtig wirkte, wurden Levis-Jeans zum Statussymbol. Wessen Eltern sich keine leisten konnten oder wollten, der wurde ausgegrenzt. Deshalb sind Katrin und ich Fans der Schuluniform. Auch wenn ich in Neuseeland bei Null Grad in meinem kurzen Uniformröckchen bitterlich gefroren habe.«

Katrin: »In Neuseeland und Südafrika bieten die Schulen wie früher bei uns jeden Nachmittag Sport und Musik, Theater, Kunst oder Debattierclubs an. Da hat jeder die Chance, mitzumachen und im Schulteam ausgezeichnet und gefeiert zu werden. Das spornt unglaublich an und stärkt das Zusammengehörigkeitsgefühl.«

Karen: »Statt wie früher mit Druck geht Sport heute nur über Eigeninitiative. Aber wenn Eltern sich nicht kümmern, hängen die Kinder nachmittags irgendwo rum.«

Olaf: »Ich habe früher ganz viel mit ‚Sprint, Sprung und Stoß'[5] ausgleichen können. Sport war mein Ventil. Ich hatte wohl das, was heute ADHS heißt, ein Aufmerksamkeitsdefizit- und Hyperaktivitäts-Syndrom.«

Und wie kommen die von der DDR geprägten jungen Ostdeutschen mit den Westdeutschen zurecht?

Katrin: »Die erste Westdeutsche, die ich im ersten Studiensemester in Idstein als Banknachbarin hatte, war für mich eine verwöhnte Wessi-Göre mit teuren Lacoste-Schuhen – und ich für sie eine eingebildete Ossi-Kuh. Heute sind wir engste Freundinnen.«

Karen, die »stolze Mecklenburgerin«, lacht bei dieser Frage: »Die Uhrzeit! Wenn ich mich um drei Viertel fünf verabrede, fragt ein Wessi garantiert zurück ‚Wann ist das? Viertel vor fünf?'«

In der ehemaligen DDR herrschte offiziell Gleichberechtigung zwischen Mann und Frau, die Maxime »Gleicher Lohn für gleiche Arbeit« war bindend. In Westdeutschland dagegen gab es überwiegend sogenannte Versorgungsehen mit der klaren Rollenteilung: Der Mann verdient das Geld, die Frau macht den Haushalt. Machen sich diese Unterschiede heute zwischen Ost und West noch bemerkbar?

Olaf: »Wir ostdeutschen Männer sind Frauen gegenüber anpassungsfähiger, kompromissbereiter, solidarisch und formbar. Und ich bin dazu noch ganz besonders harmoniesüchtig! Wir DDR-Männer helfen im Haushalt, und ich würde natürlich auch Vaterschaftsurlaub nehmen. Allerdings wird das noch dauern. Der Westen bietet uns so viele ungekannte Chancen, dass wir Zeit brauchen, uns zurechtzufinden. Da können wir nicht schon mit Anfang zwanzig Kinder bekommen wie früher in der DDR üblich.«

Christoph ist in diesem Punkt ein typischer Westdeutscher. »Meine Mutter brauchte nicht Vollzeit zu arbeiten und ich deshalb nichts im Haushalt zu machen.«

Letzte Frage: Ist Deutschland 20 Jahre nach dem Beitritt der DDR zur Bundesrepublik Deutschland vom 3. Oktober 1990 wirklich wiedervereinigt?

Olaf: »Geografisch ja, menschlich nein. Das Interesse aneinander ist noch zu gering.«

Karen: »In meiner Generation ja.«

Katrin: »Wir sind vereinigt, aber nicht wiedervereinigt. Denn wir haben ein ungeteiltes Deutschland ja nicht erlebt! Wir kamen in einem von zwei deutschen Staaten zur Welt.«

Christoph: »Meine Antwort: Größtenteils ja! Als ich 2006/2007 in Texas studierte, sagte mir ein befreundeter Kommilitone aus Korea, er beneide mich um die deutsche Wiedervereinigung. Sein Land ist immer noch in Süd- und Nordkorea geteilt.«

## Anmerkungen:

[1] Die Stadt Chemnitz im Erzgebirge hieß von 1953 bis 1990 Karl-Marx-Stadt.

[2] Die *(zehn)* Gebote der Jungpioniere lauteten:

WIR JUNGPIONIERE
lieben unsere Deutsche Demokratische
Republik.

WIR JUNGPIONIERE
lieben unsere Eltern.

WIR JUNGPIONIERE
lieben den Frieden.

WIR JUNGPIONIERE
halten Freundschaft mit den Kindern
der Sowjetunion und aller Länder.

WIR JUNGPIONIERE
lernen fleißig, sind ordentlich
und diszipliniert.

WIR JUNGPIONIERE
achten alle arbeitenden Menschen
und helfen überall tüchtig mit.

WIR JUNGPIONIERE
sind gute Freunde und helfen einander.

WIR JUNGPIONIERE
singen und tanzen, spielen und basteln gern.

WIR JUNGPIONIERE
treiben Sport und halten unseren Körper
sauber und gesund.

WIR JUNGPIONIERE
tragen mit Stolz unser blaues Halstuch.

Wir bereiten uns darauf vor, gute Thälmann-
pioniere zu werden.

³⁾ Michail Iwanowitsch Kalinin, 1875 im Gebiet Twer geboren, war aktiver Bolschewik in der russischen Revolution von 1905, Vertrauter Lenins sowie Stalins und von 1919 bis zu seinem Tod 1946 nominelles Staatsoberhaupt der Sowjetunion.

⁴⁾ Hort war in der DDR eine pädagogisch geleitete Tagesstätte für schulpflichtige Kinder, die dort nachmittags Hausaufgaben machen, Sport treiben oder musizieren konnten.

⁵⁾ ‚Sprint, Sprung und Stoß' stand für 100- und 200-Meter-Lauf, Weit-, Hoch-, Drei- und Stabhochsprung, Hammer-, Kugel-, Speer- und Diskus-Werfen und umfasste damit alle Disziplinen des klassischen Zehnkampfs. Je nach Altersstufe wurden die Sportarten jedoch gestaffelt und das Werfen bei jüngeren Schülern beispielsweise durch Schlagball-Weitwurf ersetzt.

## 2. *Torsten Brüser*
# »Ich musste nicht mehr flüstern!«

Diese Bilder gingen am Abend des 30. September 1989 um die Welt: Auf dem Balkon der Deutschen Botschaft in Prag steht Bundesaußenminister Hans-Dietrich Genscher vor rund 3 000 Flüchtlingen aus der DDR *(Deutsche Demokratische Republik)* und verkündet: »Liebe Landsleute, wir sind zu Ihnen gekommen, um Ihnen mitzuteilen, dass heute Ihre Ausreise ....« Der Rest seiner Rede geht im Jubel der Wartenden unter. Sie dürfen jetzt – nach zum Teil wochenlangem Bangen in Notunterkünften auf dem Botschaftsgelände – per Zug durch die DDR in die Bundesrepublik reisen. Freiheit statt Stasi-Knast für jene Menschen, die nicht mehr DDR-Bürger sein wollen.

Aber es ging auch unspektakulärer. Zum Beispiel über die polnische Hauptstadt Warschau. Hier kommt der knapp 23-jährige Anlagentechniker Torsten Brüser aus Binz auf Rügen in den frühen Morgenstunden des 4. November 1989 mit dem Zug aus Danzig an. Er hat einen Betriebsausflug seiner Firma Müther Spezialbetonbau[1)] nach Polen genutzt, um »abzuhauen«. Es ist nicht sein erster Fluchtversuch, und auch dieser droht zu scheitern.

Was bringt einen jungen Mann dazu, seine Heimat zu verlassen, in der er, wie er sagt, »eine tolle Kindheit und Jugend« verbracht hat?

Torsten Brüser wächst mit einer zehn Jahre älteren Schwester auf der Ferieninsel Rügen im Nordosten der DDR auf. Sein Vater ist beim Zoll und leitet als Wirtschaftskaufmann ein Urlaubsheim für Grenzsoldaten und Offiziere. Für den Sohn sind Vaters Privilegien normal: ein Telefon[2] und häufige Dienstfahrten im eigenen Auto nach Ost-Berlin, unter anderem, um sich über die chronischen Versorgungsengpässe zu beschweren. »Mein Vater war zwar Mitglied der SED *(Sozialistische Einheitspartei Deutschlands)*«, erzählt der Sohn. »Aber er war kein bequemer Genosse und wurde 1981 aus der Partei entlassen.« Die Mutter, gelernte Schneiderin und später bei der Handelsorganisation (HO) als Schuhverkäuferin tätig, verbrachte die ersten Lebensjahre in Polen. »Mein Opa«, erzählt Torsten Brüser, »war in Lodz bei der Gestapo[3] und bei Kriegsende plötzlich verschwunden. Meine Oma zog mit meiner Mutter nach Altentreptow und ließ über den Deutschen Suchdienst nach ihrem Mann forschen. Mit Erfolg. Er lebte bei Leipzig – aber er hatte eine neue Familie! Mein Vater hielt immer losen Kontakt zu seinem Schwiegervater, und nach Omas Tod wurden die Beziehungen enger.« Über den Großvater väterlicherseits haben die Brüsers Verwandte in Hamburg. »Ich wusste schon als Kind, dass die innerdeutsche Grenze durch unsere Familie geht«, sagt Torsten Brüser. Obwohl Angehörigen von Zoll, Polizei und Armee Westkontakte verboten sind, machen die Verwandten zwei Mal im Jahr Urlaub auf Rügen. Die gängige Informationsquelle so vieler Ostdeutscher, das West-TV, funktioniert auf Rügen nicht. Außer dem DDR-Fernsehen können die Insulaner lediglich einen schwedischen Sender empfangen.

Kinder und Jugendliche sind im Arbeiter- und Bauernstaat DDR immer beschäftigt. Die Schulen bieten nachmittags

Arbeitsgemeinschaften für Sport, Musik, Theater, Volkstanz und andere Gemeinschaftsaktivitäten an. Als Pioniere lernen die Schüler Hilfsbereitschaft und Solidarität und haben ständig irgendwelche Aufgaben zu erfüllen – zum Beispiel Altpapier und Glas sammeln; das kleine Entgeld geht in das eigene Sparschwein oder als Entwicklungshilfe ins sozialistische Nicaragua. Torsten Brüser: »Ab der fünften Klasse übten wir unter anderem Handgranaten-Weitwurf. In der achten Klasse zeigten uns Armeeangehörige im Sommerlager, wie die Zivilverteidigung gegen den Klassenfeind Bundesrepublik im Westen funktioniert: vom Anlegen der Gasmasken bis zum Handhaben der russischen Kalaschnikow-Gewehre inklusive Zerlegen, Reinigen, Zusammensetzen.«

Zwischen dem 14. und 16. Lebensjahr geht es Torsten Brüser richtig gut. Die Sommerferien dauern zwei Monate – die DDR braucht jede Hand beim Ernteeinsatz –, und er nutzt die ersten vier Wochen, um mit dem Reinigen von Waggons der Deutschen Reichsbahn zwischen 300 und 400 Ost-Mark zu verdienen; das entspricht fast dem Monatslohn eines Arbeiters. In den übrigen vier Wochen gibt er das Verdiente aus. Mit seinem Simson-Moped fährt er jeden Morgen zum Strand und abends in die Disco. Auf sein Jugendparadies fällt lediglich ein winziger Schatten. »Ich mochte keinen Fisch. Diese eingelegten Salzheringe, nach denen die Urlauber buchstäblich lechzten, verursachten mir Übelkeit!«

Im Sommer 1983 hat er auf der Polytechnischen Oberschule in Binz seine Mittlere Reife gemacht. Jetzt geht er für zwei Jahre in ein Internat und macht den Facharbeiter für Anlagentechnik im VEB Backwarenkombinat (BaKo) Heinersdorf in Ost-Berlin. Bis Anfang 1989 bleibt er bei BaKo. »Eigentlich«, erzählt er, »wollte ich Kraftfahrzeugmechaniker werden. Aber die DDR steuerte Berufsanfänger gern in Mangelsparten. Und plötzlich gab es zu viele Busfahrer, die wurden nun zu Kfz.-Mechanikern umgeschult. Wenn ich mich für drei Jahre bei der NVA *(Nationale Volksarmee)* verpflichtet hätte, wäre ich in meinem Traumberuf ausgebildet worden. Aber so lange wollte ich nicht zur Armee.« Sie einigen sich auf eine spätere Einberufung. Aber mit 19 Jahren ist er verheiratet, mit 21 Vater, und die NVA verzichtet auf den Wehrpflichtigen Brüser.

Seine Ehe wird am 14. Februar 1989 geschieden. Er darf den anderthalbjährigen Sohn laut Behördenanweisung bis zum dritten Lebensjahr nicht sehen, danach hat das Kind den Vater vergessen, Kontakte gibt es nicht mehr. »Trotzdem«, sagt Torsten Brüser, »es war eine schöne Zeit, sehr romantisch.« Er geht zurück nach Binz, arbeitet als Kraftfahrer für die Firma Müther Spezialbeton Rügen, ist aber immer wieder in Berlin. »Im Sommer 1989 hat sich bei mir viel bewegt«, erzählt er. »Ich war im September mit Bürgerrechtlern und Demonstranten in der Gethsemane-Kirche am Prenzlauer Berg, als wir von Organen der Volkspolizei und NVA umstellt und bis in die Nacht hinein festgehalten wurden...«. Pause. Dann sagt er: »Ich war kein Kämpfer gegen das Regime, aber ich wollte auch nicht mehr mitschwimmen!« Unter seinen Freunden geht jetzt die Parole um: »Komm, lass uns abhauen! Wir sehen uns im Westen wieder!«

Der Sommer 1989 in der DDR macht Mut, wenn auch nicht an gravierende Veränderungen des kommunistischen Betonsystems, so doch an eine erfolgreiche Flucht über sozialistische Bruderländer zu glauben. Die Ungarn hatten im Mai die ersten Grenzsperren nach Österreich abgebaut, der ungarische Außenminister Gyula Horn und sein österreichischer Amtskollege Alois Mock am 27. Juni vor den Kameras der Weltpresse ein Stück des Eisernen Vorhangs durchtrennt. Am 11. September öffnet Ungarn alle Schlagbäume. Binnen drei Tagen nutzen 15 000 DDR-Bürger diese Chance zur sogenannten Abstimmung mit den Füßen gegen ihren Staat und flüchten in den Westen. Auch Torsten Brüser und seine beiden Freunde Roman und Roland beantragen in Berlin ein Visum für einen zweiwöchigen Urlaub mit Hintergedanken in Ungarn. Die Freunde bekommen ihr Visum, Torsten nicht. »Mein Schwager hat das über seine Verbindungen zur SED-Kreisleitung verhindert. Er meinte wohl, meiner Mutter würde das Herz brechen, wenn ihr Sohn flüchtet.«

Aber es gibt eine neue Chance: den Betriebsausflug seiner Firma Müther Spezialbetonbau Anfang November 1989 nach Danzig. Torsten Brüser: »Ich habe meinen Eltern gesagt, dass ich versuchen werde, in den Westen zu kommen. Mein Vater stimmte sofort zu, meine Mutter war nicht so angetan.« Sein Freund Andreas hat für ihn eine Fahrkarte von Danzig nach Warschau gekauft. Abfahrt des Zuges: 20 Uhr. Der Bahnhof liegt gegenüber dem Hotel. Um 19.45 Uhr will sich Torsten Brüser auf den Weg machen. Er muss an Chef und Mitarbeitern im Foyer vorbei. Aber: Ein Kollege ist noch im Zimmer. Was tun? Schließlich herrscht Brüser den Mann an: »Hinsetzen! Ich hau jetzt ab, und Du bleibst da sitzen und hältst die Schnauze! Verstanden?« Dann wirft er seine Reisetasche aus dem Fenster, geht betont lässig an Firmenchef Müther und den Kollegen vorbei, sagt: »Ich zieh noch mal um die Häuser.« Draußen greift er seine Reisetasche, rennt zum Bahnhof. Die Uhr zeigt 20.01 Uhr an. Der Zimmerkollege hat Zeit gekostet. Brüser muss dem abfahrenden Zug nach Warschau hinterherspurten, schafft es, auf das Trittbrett zu springen und die Zugtür zu öffnen.

Um 3.30 Uhr erreicht der Zug Warschau. Die Müther-Truppe hat noch in derselben Nacht die Polizei alarmiert. Brüser: »Die Vernehmung war wichtig, um den Firmenchef und die Kollegen von einer möglichen Mitwisserschaft zu entlasten. Mein Zimmerkollege erklärte, er sei von meinem harschen Benehmen so schockiert gewesen, dass er nicht rechtzeitig reagieren und meine Flucht verhindern konnte.«

Am Warschauer Bahnhof nimmt Torsten Brüser ein Taxi zur Botschaft. Der Fahrer spricht nur Polnisch, versteht gerade das Wort Deutscher/Niemiec, kutschiert seinen Gast 45 Minuten durch die dunkle polnische Hauptstadt und hält schließlich vor einem Gebäude, über dem eine schwarz-rotgoldene Flagge weht. Als er gerade aussteigen will, entdeckt Torsten Brüser Hammer und Zirkel im Ährenkranz in der Flaggenmitte – das Emblem der DDR. Also zurück zum Bahnhof. Die Irrfahrt hat ihn 100 Ost-Mark gekostet. »Dafür musste ich eine Woche arbeiten! Warschaus Taxifahrer haben in diesen Wochen viel, viel Geld verdient.« Der nächste Fahrer spricht Deutsch und hält nach 15 Minuten vor der bundesdeutschen Botschaft.

Torsten Brüser wird freundlich aufgenommen. Bis zum Mittag logieren bereits mehr als 30 Flüchtlinge im engen Botschaftsgebäude. »Jeder wollte seine Geschichte loswerden, aber keiner hatte ein Ohr dafür. Wir alle waren gleichzeitig erleichtert, aber immer noch angespannt. Einer erzählte von seiner lebensgefährlichen Flucht mit einem Schlauchboot über die Neiße.« Mitarbeiter der Botschaft und des Deutschen Roten Kreuzes (DRK) beruhigen und versorgen die Menschen. Sie bekommen am 4. November ein neues Quartier in einer leer stehenden Kaserne, sind jetzt schon 150 Flüchtlinge. Dann beginnt die gründliche Prüfung: Alle Personalien werden aufgenommen und an das DDR-Ministerium des Innern nach Ost-Berlin übermittelt, um zu klären, ob noch irgendwelche Ansprüche in Form von Darlehen oder Alimenten gegen die Ausreisenden bestehen, anschließend wird ihnen offiziell die DDR-Staatsbürgerschaft entzogen; Mitarbeiter von Interpol forschen inzwischen nach, ob sich da nicht vielleicht ein Gesuchter oder Verdächtigter der Strafe entziehen will.

Drei Mal pro Woche fliegt jetzt eine Maschine mit Flüchtlingen von Warschau nach Düsseldorf. Letzte Schikane des SED-Regimes: Die Flugzeuge dürfen nicht den direkten Weg über DDR-Hoheitsgebiet nehmen, sondern müssen den Umweg über die Tschechoslowakei machen. Torsten Brüser landet am Dienstag, 7. November, in Düsseldorf. Busse bringen die Flüchtlinge in das Aufnahmelager Gießen-Schöppingen. Sie geben ihren Aufnahmeschein aus der deutschen Botschaft in Warschau ab, sind einen Tag staatenlos. Am Mittwoch, 8. November, hat Brüser einen bundesdeutschen Personalausweis sowie Reisepass und 200 D-Mark Begrüßungsgeld. Am Donnerstag, 9. November 1989, ruft er seine Tante in Hamburg an und bekommt eine Zugfahrkarte in die Hansestadt. »Vor dem Tor des Aufnahmelagers in Schöppingen standen rund hundert Arbeitsvermittler von Unternehmen aus ganz Deutschland und suchten Arbeitskräfte«, erzählt er. »Viele Alleinstehende ohne Westverwandtschaft blieben bei einem attraktiven Angebot gleich im Raum Gießen.«

Torsten Brüser fährt nach Hamburg. Die Cousine soll ihn im Hauptbahnhof vor der Commerzbank treffen und auf einem Video erkennen, das genau zwei Wochen nach seiner Scheidung vom 14. Februar in Lützen bei Leipzig entstand: Der Opa mütterlicherseits hatte es geschafft, zu seinem 80. Geburtstag am 28. Februar 1989 alle Verwandten aus Ost- und Westdeutschland zu versammeln – bis auf die Cousine aus Hamburg. Der frisch legitimierte Bundesdeutsche sucht im Hamburger Hauptbahnhof vergeblich nach dem Kreditinstitut, wandert die Mönckebergstraße hinunter in Richtung Rathaus, findet das gelbe Schild der Bank, wundert sich über den seltsamen Treffpunkt, wartet, geht zurück zum Bahnhof – und sieht dann auf der Brücke über der Wandelhalle den gelben Namenszug Commerzbank. Und darunter steht auch die Cousine, die ihn inzwischen vergeblich hat ausrufen lassen.

Gegen 17 Uhr kommt Torsten Brüser bei Onkel und Tante an. Um 19 Uhr sehen sie im Zweiten Deutschen Fernsehen die Nachrichten-Sendung mit einem etwas irritierten Berliner SED-Parteichef Günter Schabowski, der die unbeschränkte Reisefreiheit aller DDR-Bürger verkündet – ab sofort. Die Tante fragt ihren Neffen noch: »Und warum bist Du über Warschau geflüchtet?« Dann fließen die Tränen. Neffe Torsten weint nicht. Er hat binnen 48 Stunden in der Bundesrepublik zwei entscheidende Erfahrungen gemacht: »Die Freiheit war wie ein neues Leben, das ich jetzt selbst in die Hand nehmen konnte. Und: Ich musste nicht mehr flüstern – aus Angst vor irgendwelchen Stasi-Spitzeln.«

Nach diesem weltbewegenden Wochenende begleitet ihn die Tante zum Arbeitsamt: Eine riesige Menschenmenge, Nummer aus einem Automaten ziehen, stundenlanges Warten und dann eine nicht sehr gelungene Berufsberatung. Die Tante ist entsetzt: »Torsten! Werd bloß nie arbeitslos!« Wird er auch nicht. Wie Onkel und Cousin gehört auch er ab 20. November 1989 als Kunststoffformgeber zu den Mitarbeitern der Firma Devalit van Deest in Ellerau bei Hamburg und fertigt bis heute Spritzgussteile für die Autoindustrie. Privat allerdings hat sich viel verändert.

In dem politisch so dramatischen Sommer 1989 hat Torsten Brüser auf Rügen sein Faible fürs Surfen entdeckt. 1991 stirbt sein Vater. Er braucht lange, um diesen Verlust zu verkraften. Im Urlaub auf Rügen 1992 lernt er beim Surfen die 21-jährige Antje Wagner kennen – und eigentlich müsste er sie auch seit 21 Jahren kennen: Sein bester Freund wohnt im Nachbarhaus, und Antjes Vater, Walter Wagner, hat einen Namen auf der Insel: ursprünglich aktiver Sportler und Hauptmann an der Fallschirmspringerschule Rügen mit mehr als tausend Absprüngen, verlor er bei einem Verkehrsunfall ein Bein und leitet seitdem die Arbeitsgemeinschaft Junge Touristiker in der DDR, die von Binz aus Touren in Europas größten Laubmischwald in der Granitz organisiert. Beide, Torsten und Antje, sind im Kreiskrankenhaus in Bergen zur Welt gekommen und in Binz aufgewachsen. »Aber fünf Jahre Altersunterschied sind für Jugendliche eine Ewigkeit«, sagt er. »Als ich Antje jetzt beim Surfen entdeckte, war mir klar: Ich wollte eine Frau mit demselben Hobby!«

Sie studiert zu dieser Zeit an der Universität Rostock Medizin – mit einem doppelten Handikap: »Ich hatte auf der Schule kein Latein und musste an der Universität das Große Latinum nachholen. Außerdem kannte ich keinen Arzt, der mich hätte begleitend beraten können.« Er hat inzwischen eine eigene Wohnung in Hamburg, die Abstände des Wiedersehens verringern sich. Kurz vor dem Physikum gibt Antje Wagner die Medizin auf, zieht nach Hamburg und beginnt 1993 am Universitätsklinikum Eppendorf eine Ausbildung zur Physiotherapeutin. Seit 2002 hat sie eine eigene Praxis mit drei Mitarbeiterinnen.

1999 haben Torsten Brüser und Antje Wagner geheiratet, 2004 wurde Sohn Carlo geboren. Mit ihrem Wohnmobil hat die Familie inzwischen fast ganz Europa zum Surf-Urlaub bereist. »Wir schwärmen immer noch von unserer Kindheit und Jugend auf Rügen«, sagen beide. »Allerdings habe ich mich damals immer darüber gewundert, warum aus der DDR nur Rentner in den Westen reisen durften, während aus dem Westen auch junge Leute in die DDR kamen«, sagt sie. Vieles bekommt aus gesamtdeutscher Rückschau einen anderen Stellenwert: »Uns wurde erst nach der Wende bewusst, wie perfide und menschenfeindlich unsere vormilitärische Erziehung war. Und wir wissen heute, wie haarscharf wir 1989 an einem Bürgerkrieg vorbei gekommen sind.«

Natürlich gab es auch Kritik am Westen. Er war »hoch enttäuscht von der fehlenden Solidarität« und bemängelte, »dass bei Einführung der D-Mark im Osten auch sofort die Preise auf Westniveau stiegen und viele Betriebe in die Pleite trieben«. Ihr Resümee der Wende: »Die Welt gliedert sich in Menschen mit und ohne Gewissen. Die ohne kommen immer wieder auf die Beine, die mit unter die Räder. Bestes Beispiel: Der kleine Grenzsoldat wurde wegen der Schüsse auf Flüchtlinge verurteilt, die Befehlshaber nicht.«

Inzwischen findet Ehepaar Brüser keine Unterschiede mehr zwischen dem Leben in Ost und West. Für ihn hat sich das Versprechen unter den Freunden vor 21 Jahren »Wir sehen uns im Westen wieder!« erfüllt. Torsten Brüser hat sie alle wiedergetroffen, sie halten weiterhin Kontakt und einer wohnt sogar bei ihm im Haus: Andreas – der, der für ihn die Fahrkarte in die Freiheit von Danzig nach Warschau gekauft hatte.

## Anmerkungen:

[1] Ulrich Müther war der im Osten berühmteste Baumeister im klassischen Sinne – und im Westen nahezu unbekannt. Er hat – so Rahel Lämmler und Michael Wagner in ihrem Buch »Ulrich Müther Schalenbauten in Mecklenburg-Vorpommern« – »seine Betonschalen als Gesamtwerk geschaffen: Er hat sie experimentell erforscht, mathematisch konstruiert, architektonisch entworfen, ingenieursmäßig berechnet, kaufmännisch kalkuliert und handwerklich errichtet«. Aber sein Land, die Ex-DDR, machte ihm das Leben schwer. Er wurde 1934 in Binz auf Rügen geboren, seinen Eltern gehörte das »Baugeschäft Willy Müther«. Als Sohn selbstständiger Eltern darf Ulrich Müther kein Abitur machen und nicht studieren. Also absolviert er nach der Volksschule eine Lehre als Zimmermann und beginnt mit 17 Jahren eine Ausbildung an der Ingenieurschule in Neustrelitz mit Schwerpunkt Statik und Konstruktion. Ab 1954 arbeitet er vier Jahre lang im Entwurfsbüro für Industriebau des damaligen Ministeriums für Aufbau in Berlin und belegt parallel ein Fernstudium im Bauingenieurwesen an der Technischen Universität Dresden. Das Thema seiner Diplomarbeit 1963 ist »eine doppelt gekrümmte Hyparschalenkonstruktion in Spritzbeton«, und noch im selben Jahr baut er nach diesem Prizip eine Überdachung für den Mehrzwecksaal des Ferienheims Haus der Stahlwerker in Binz. Das Faszinierende an den Müther-Bauwerken: Wenige Zentimeter dünne Schalen aus Beton überspannen große, stützenfreie Räume und vermitteln eine beschwingte Leichtigkeit wie zum Beispiel der Rettungsturm der

Strandwache an der Binzer Strandpromenade, die Gaststätte Teepott in Warnemünde, die Stadthalle in Neubrandenburg oder die Mehrzweckhalle in Rostock Lütten-Klein. Zusammen mit der Firma Carl Zeiss in Jena baut Müther Planetarien in Libyen, Kuwait und Finnland.

Im Februar 1953 war die Familie Müther enteignet worden, erhielt allerdings nach dem Volksaufstand vom 17. Juni 1953 das Bauunternehmen zurück. Aber 1960 wandelte die DDR den Betrieb in die Produktionsgenossenschaft des Handwerks PGH Bau Binz um und verstaatlichte ihn 1972 zu einem volkseigenen Betrieb VEB. Nach der Wiedervereinigung 1990 bekam Ulrich Müther den Familienbetrieb zurück und nannte ihn nun Müther GmbH Spezialbeton. Aber: seine Schalenbauten sind sehr personalintensiv, und die veränderten Arbeitsbedingungen der Marktwirtschaft treiben ihn 1999 mit 65 Jahren in den Konkurs. Im Westen nehmen viele Architekten und Ingenieure erst im August 2000 von Müther Notiz, als sein berühmtes »Ahornblatt«, eine Szenegaststätte in Berlin, abgerissen wird. Ulrich Müther stirbt nach langer Krankheit 2007 in Binz auf Rügen.

[2] Kurz vor der Wende hatten in der DDR lediglich 17 Prozent aller privaten Haushalte einen Telefonanschluss. 55 Prozent der DDR-Bürger fuhren ein eigenes Auto, die Lieferfristen allerdings lagen bei durchschnittlich zwölf bis 15 Jahren.

[3] Gestapo war die Abkürzung und Bezeichnung für die **Ge**heime **Sta**ats**po**lizei im nationalsozialistischen Deutschland unter Adolf Hitler.

## 3. *Jürnjakob Swehn und Fritz Döscher*
# Von Auswanderern und Sesshaften

Als der mecklenburgische Tagelöhnersohn Jürnjakob Swehn[1] im Juli 1868 sein Dorf in Richtung Amerika verließ, blieb er hinter Hornkaten in den Lieper Bergen stehen, »wo der Sand am dünnsten ist. Da hatte der alte Hannjünn mit Pferd und Wagen auch immer stillgehalten, auf daß sie sich verpusteten... und dann sagte er so ganz langsam und ebendrächtig vor sich hin: Dies Land ist dem lieben Gott auch man mäßig geglückt.« In Zahlen auf der heutigen Bodenbewertungsskala heißt das: Die karge Griese Gegend[2] bringt es auf gerade 16 bis 24 der möglichen 100 Punkte und ist für die menschliche Ernährung kaum geeignet. Im Auswanderungshaus in Hamburg und in New York traf der 19-jährige Swehn viele Familien aus seiner Heimat: Schröder, Schuldt, Timmermann, Düde, Saß, Völß, Brüning. Und, so schrieb er an seinen ehemaligen Lehrer in Glaisin, »dann fuhren wir alle nach Iowa«.

»Tagelöhner«, sagt Fritz Döscher vom Töpferhof Hohenwoos in der Griesen Gegend, »waren der Preis der Freiheit nach Aufhebung der Leibeigenschaft. Plötzlich standen diese Menschen da ohne Dach über dem Kopf, ohne Arbeit, ohne Geld und mussten sich tageweise irgendwo bei den Bauern verdingen. Die Chance auf ein besseres Leben bot Amerika, das Einwanderer zur Besiedelung seiner riesigen Flächen im Mittleren Westen brauchte. 280 000 Mecklenburger wanderten im 19. Jahrhundert aus, allein 100 000 aus der Griesen Gegend. Aber viele scheiterten auch, schafften nicht einmal die Überfahrt oder verkamen im Hafen von New York .«

Jürnjakob Swehn schaffte es – nach der Devise: »Der liebe Gott hat den Menschen den Kopf nicht dazu gegeben, daß sie ihn hängen lassen, und die Arme nicht, daß sie am Leibe dalsacken.« Der mittellose Junge aus dem alten Strohkaten in Glaisin erarbeitete sich im Land der großen Freiheit eine Farm, die mit 320 Ackern[3] auch für amerikanische Verhältnisse als groß galt, baute Getreide an und hielt Pferde, Kühe, Ochsen, Schweine. »Hühner mögen es bei sechshundert sein oder auch mehr. Die werden hier nicht gezählt...Wir haben alles plenty: plenty Land und plenty Vieh. Aber es kostete auch plenty Schweiß.«

Auch Fritz Döscher schaffte es – als Sohn eines Ziegeleibesitzers in Hohenwoos zwar mit ungleich besseren Startbedingungen als Jürnjakob Swehn, unter der Diktatur des Proletariats jedoch von 1945 bis 1989 erst russischen, dann ostdeutschen Repressalien ausgesetzt und immer wieder enteignet. Als er im Kriegsjahr 1941 als einziger Sohn von Friedrich und Maria Döscher in Hohenwoos geboren wird, ist der Hof aus dem 13. Jahrhundert mit Ziegelei und rund 50 Hektar Land seit genau 40 Jahren in Familienbesitz und der Berufsweg des Jungen vorgegeben: Nach der mittleren Reife eine zweijährige Ausbildung zum Ziegler in der Lausitz, dann im thüringischen Apolda das Studium zum Ingenieur für Grobkeramik, also Ziegel.

»Wir haben hier im Windschatten des Zweiten Weltkriegs gelebt«, sagt Fritz Döscher. »Keine Bombenangriffe, keine Panzerschlachten. Als Besatzer kamen zuerst die Amerikaner, danach die Engländer und dann die Russen. Die klauten Klamotten. Und dann kamen vertriebene sudetendeutsche Familien auf unseren Hof. Mein Vater sagte: ,Welch gute Fügung

Gottes, dass uns dieses Schicksal erspart geblieben ist' und ließ einen Riesenkessel Suppe kochen. Die fleißigen Sudetendeutschen arbeiteten eine Zeit lang bei uns in der Landwirtschaft und in der Ziegelei, dann zogen sie weiter, meist zu Verwandten nach Westdeutschland oder in die Nähe der tschechischen Grenze, um schnell wieder zu Haus zu sein.«

Als sein Vater 1967 stirbt, hat die 1949 gegründete Deutsche Demokratische Republik (DDR) das Erbe bereits dezimiert: 1961 mussten auch Döschers ihre zum Hof gehörenden Felder an die gemeinschaftlich betriebene Landwirtschaftliche Produktionsgenossenschaft (LPG) abgeben, und Fritz Döscher erlebt immer häufiger den Abstieg seiner Landsleute vom selbstständigen Bauern zum Tagelöhner; denn »Eigentum ist die stärkste Motivation für Zukunftsinvestitionen. Wer nicht umfassend denken und planen kann oder darf, entwickelt sich zurück.« Er selber, der sich als selbstständiger Unternehmer[4] mit Ziegelei fühlt, sucht für sich und seine Angestellten eine Arbeit für den Winter; denn Ziegel werden witterungsbedingt nur von Mai bis Dezember gebrannt. 1969 nimmt er ein Sägewerk in Betrieb. Nach zwei Jahren wirft das Werk Gewinn ab, und schon ist Fritz Döscher es los. Nach einem neuen Gesetz der DDR-Volkskammer kauft der Staat ab August 1972 alle Betriebe mit mehr als zehn Beschäftigten zum Zeitwert auf. Döschers haben 24 Beschäftigte. Die Ziegelei, die jährlich zwei Millionen Steine produzierte, wird am 1. Oktober 1972 übernommen und sofort stillgelegt, das Sägewerk zum Volkseigenen Betrieb (VEB) erklärt. Fritz Döscher interpretiert das Kürzel VEB nun als ‚Vaters ehemaliger Betrieb'.

Das folgende Jahrzehnt bezeichnet Fritz Döscher als seine »zum Teil recht merkwürdigen volkseigenen Arbeitsjahre«.

Als seine Sägerei nach Dömitz verlegt wird, gelingt es ihm, alle seine Mitarbeiter und auch sich selber dort unterzubringen. Drei Jahre später wird er Betriebsleiter einer VEB-Ziegelei in Kummer, hat ein Auto, verdient gut. Weitere drei Jahre später bekommt er ein größeres Auto und mehr Geld als Produktionsdirektor im Ziegeleikombinat Malliß. »Ich vergesse nie meinen ersten Arbeitstag am 2. Januar 1979«, erzählt Döscher. »Niemand beachtete mich; denn das Kesselhaus war über Neujahr eingefroren!« In diesem Kombinat mit sechs Ziegeleien und 400 Beschäftigten stellt der Direktor sehr schnell fest: »Die Leute hier kamen zur Arbeit mit dem Gedanken:'Wie bringe ich diesen Tag rum!' Und viele haben getrunken.«

Während einer Autofahrt fragt sich nun auch der Direktor ‚Wie kriege ich diesen Tag rum?' und hat sehr schnell eine Antwort: »Du musst dich selbstständig machen!« Die mangelnde Versorgung der Bevölkerung mit »den 1 000 kleinen Dingen des täglichen Lebens«, wie sie der erste Staatsratsvorsitzende der DDR Walter Ulbricht nannte, war in der sozialistischen Planwirtschaft ein systembedingtes Dauerproblem. Deshalb sollten alle volkseigenen Betriebe und Kombinate fünf Prozent ihrer Kapazität in die Produktion von Konsumgütern stecken. Die Ziegelei zum Beispiel stellte jetzt auch Holzkohle her und baute hölzerne Transportkisten. Auch kleine selbstständige Unternehmen wurden in der DDR geduldet, wenn sie Konsumgüter produzierten, den VEB keine Konkurrenz machten und keine Forderungen an den Staat stellten.

Fritz Döscher hat eine Cousine in Warnemünde, die Töpferwaren fertigt und blendend verkauft. Das will er nun auch. Zusammen mit seiner Frau Christl und seiner Mutter Maria macht er sich 1983 als Töpfer selbstständig – »mit wenig guten Voraussetzungen für unser Vorhaben. Zunächst hatten wir keinen Töpferton, keine Glasuren, keinen Brennofen und reichlich wenig Ahnung vom handwerklichen Geschick eines Töpfers.« Aber nach der hauseigenen Devise »Mak man iss bärer ass lat man« (Mach man ist besser als lass man) entsteht in relativ kurzer Zeit aus einer baufälligen Scheune eine Töpferei mit drei selbstgebauten Brennöfen und fünf Beschäftigten. »Ohne Wende wäre ich Ostmark-Millionär geworden«, sagt Döscher. »Der Markt war so offen wie ein Scheunentor! Allerdings: Die Materialbeschaffung machte in der DDR immer Riesenprobleme. Auf ein Fenster zum Beispiel mussten wir fünf Jahre warten.«

Und dann fällt am 9. November 1989 die Mauer, und mit der Wiedervereinigung der beiden deutschen Staaten am 3. Oktober 1990 gibt es auch keine DDR mehr. Nun lässt sich Material aller Art im nächsten Laden kaufen, das neue Riesenproblem heisst verkaufen! »Beschaffungsspezialisten sind keine Verkäufer«, sagt Fritz Döscher. Er deckt seinen Nachholbedarf im Westen, besucht Messen in Lüneburg, Lübeck, Jesteburg und Ahrensburg – »Vielen Dank, es war eine heilsame Lehre!« – und erzählt die Geschichte von dem Bauern, der sich auch im vereinigten Deutschland nicht traute, seine Gänse frei und offen zu verkaufen. Er sprach Leute auf der Straße an, nahm sie dann mit in seinen Keller und tauschte konspirativ Gans gegen Geld...

Fritz Döscher holt sich jetzt sein Land zurück: Er entzieht der LPG ganz formlos »das Bewirtschaftungsrecht«, so wie es einst seinem Vater entzogen worden war. Ein ehemaliger LPG- und jetziger Genossenschafts-Vorsitzender bietet ihm

40 DM pro Hektar seines Landes. Die staatliche Stilllegungsprämie pro Hektar jedoch beträgt 740 DM! Döscher legt nicht still, sondern investiert nach guter alter Unternehmertradition in die Zukunft: Er forstet zehn Hektar Boden mit Kiefern, Eichen und Erlen auf und schafft damit nachhaltige Energie für künftige Generationen. Neben der Töpferei betreibt er noch Landwirtschaft, hält Kühe, betreut Pferde.

Und wieder ist es eine Cousine – dieses Mal eine der Mutter –, die ihm einen neuen Erwerbszweig eröffnet. Sie macht den Hamburger Pastor Joachim Perle von der Bramfelder Osterkirche auf den Töpferhof Hohenwoos aufmerksam und sagt: »Da müssen Sie mal hinfahren!« Der Pastor meldet sich mit 50 Gemeindemitgliedern zu Kaffee und Kuchen an. Döscher: «Wir hatten gar nicht so viele Tassen und Teller. Und wer sollte für 50 Gäste Kuchen backen?« Mit »Mak man« werden seitdem bis zu 22 000 Gäste pro Jahr bewirtet, bis zu 40 000 Besucher jährlich kommen zu den regelmäßigen Markttagen mit viel Unterhaltungsprogramm auf den Töpferhof Hohenwoos. Fritz Döscher ist Mitglied im regionalen Marketingverein Schwerin, im Lions Club Ludwigslust, im Unternehmerverband Mecklenburg-Vorpommern, Vorsitzender einer Jagdgenossenschaft und spielt Posaune im Kirchenchor. Zu DDR-Zeiten saß er sogar als Abgeordneter der National-Demokratischen Partei Deutschlands (NDPD) im Gemeinderat. »Aber als Selbstständiger ist die politische Arbeit heute nicht mehr zu schaffen.«

So relativ gut Fritz Döscher auch durch die DDR-Zeiten kam, »für meine Kinder war die deutsche Einheit das Beste, was passieren konnte. Was hätte ich ihnen denn sonst mitgeben können?« Tochter Carmen, Jahrgang 1972, ist Physiotherapeutin mit eigener Praxis in Ludwigslust. Für Franz, Jahrgang 1975, hatte der Vater nach Ende der zehnten Klasse bereits einen Platz als Töpferlehrling besorgt, »weil ich den Umgang der streng sozialistischen, antichristlichen Direktorin mit den Schülern für nicht akzeptabel hielt. Aber da kam die Wende, und Franz machte Abitur. Und dann traf ich einen westdeutschen Banker und fragte ihn, ob man das lernen kann. Er sagte Ja, und Franz machte eine Lehre bei der Deutschen Bank in Duisburg. Die Bank bot ihm einen Übernahmevertrag an, aber Franz wollte noch studieren.« Inzwischen arbeitet der ehemalige »Vorzeige-Ossi« als Diplom- Betriebswirt für die Sächsische Landesregierung in Dresden. Und Hans-Heinrich, 1986 geboren und in Gesamtdeutschland groß geworden, studiert in Rostock Agrarökologie. Dieses Studienfach hat es in der DDR nie gegeben.

### Anmerkungen:

[1] »Jürnjakob Swehn, der Amerikafahrer« erzählt die Geschichte eines Tagelöhnersohnes aus der »Griesen Gegend«, dem Armenhaus im Südwesten Mecklenburgs, der in Iowa Farmer wurde und seinem ehemaligen Lehrer in Briefen davon berichtete. Dessen Sohn Johannes Gillhoff, Schriftleiter der »Mecklenburgischen Monatshefte«, hat die Briefe zu einem ebenso anrührenden wie herzerfrischend komischen Buch zusammengestellt. Allerdings ist Jürnjakob Swehn wohl eine Art Künstlername. Denn ein Swehn ist laut Einwanderungsbehörde in New York nie registriert worden, hingegen jedoch ein Karl Wiedow aus Glaisin, dessen Biografie sich weitgehend mit der des Jürnjakob Swehn deckt. Der ägyptische Wirtschaftswissenschaftler Dr. Fathy Batah hat das Buch über den Amerikafahrer ins

Arabische übersetzt und dafür am 12. Juni 2010 in Glaisin den Johannes-Gillhoff-Literaturpreis bekommen.

[2] Die Griese Gegend, also die graue Gegend, ist eine karge Landschaft mit leichtem, grauen Sandboden im südwestlichen Mecklenburg. Einst trugen die Einheimischen meist selbstgenähte graue Arbeitskittel und galten als »dei Griesen«. Typisch für das Land sind sogenannte Klumpbauten, Bauernhäuser mit den dunklen Raseneisensteinen zwischen dem Fachwerk. Die Begrenzung der Griesen Gegend sind die Städte Hagenow im Norden, Ludwigslust im Osten, Dömitz im Süden und Lübtheen im Westen.

[3] Acker ist eine amerikanische Maßeinheit. Jürnjakob Swehn erklärt sie in seinen Briefen so: »Ein Acker... das sind 160 Quadratruten mecklenburgisch Maß. Einen Morgen kennst du, das sind 120 Ruten. Darum ist ein Morgen dreiviertel Acker. So weißt du, wie groß ein Acker ist.« Ein Morgen, das alte deutsche Feldmaß, bezeichnete ursprünglich die Ackerfläche, die ein Bauer am Vormittag pflügen kann und entsprach in Mecklenburg einer Größe von 0,650 Hektar.

[4] Für die Serie »20 Jahre Mecklenburg-Vorpommern« in der Schweriner Volkszeitung (SVZ) hat Professor Gerald Braun, Direktor des »Institute for Entrepreneurship and Regional Development« an der Universität Rostock, kurz HIE-RO, einen Beitrag zum Thema Wirtschaft geschrieben. Darin heißt es wörtlich: »Da in Marktwirtschaften Innovationen primär von einer ‚Klasse dynamischer Unternehmer' (J. Schumpeter) abhängen, ist die ‚Unternehmerlücke' von ca. 20 000 fehlenden Persönlichkeiten (ein Erbe des DDR-Sozialismus) besonders schmerzlich...« Der Artikel erschien am 24. März 2010 in der SVZ. Der österreichisch-amerikanische Nationalökonom Joseph Schumpeter (1883 – 1950) gilt als der bedeutendste Wirtschaftstheoretiker des 20. Jahrhunderts.

# 4. *Jacquelin Thomas*
# Den Vater in Libyen aufgespürt

Als die 17-jährige Jacquelin 2001 zum ersten Mal nach Hamburg kommt und in einem Geschäft im Hauptbahnhof auf einen schwarzen Verkäufer trifft, fragt sie unsicher: »Tschuldigung! Sprechen Sie Deutsch?« Der Afrikaner blickt sie verwundert an: »Warum sollte ich denn nicht? Ich bin doch hier aufgewachsen!« Aus ihrer Heimatstadt Leipzig, erzählt sie, »kannte ich nur radebrechende Schwarze.« Sie selbst erlebte in der sächsischen Hauptstadt als Tochter eines libyschen Studenten den schwierigen Exoten-Status. »Mit meinen schwarzen Wuschelhaaren und der dunklen Haut wurde ich in der Schule als ‚Negerpüppi‘ und ‚Schuhkarton‘ verspottet und oft verprügelt.« Inzwischen wohnt sie als selbstbewusste »Halbaraberin« unbehelligt in der westdeutschen Multi-Kulti-Metropole Hamburg, die mit 260 000 Nichtdeutschen – also knapp 15 Prozent – den deutschlandweit höchsten Anteil an Ausländern zählt. In der gesamten ehemaligen Deutschen Demokratischen Republik (DDR) dagegen lebten im Jahr der Grenzöffnung 1989 außer den streng kasernierten russischen Soldaten lediglich 190 000 Ausländer. Sie machten gerade 1,2 Prozent der Bevölkerung aus.

Während sich die Westdeutschen bereits ab 1945 mit dem Einmarsch auch farbiger Truppenteile der drei Besatzungsmächte Amerika, Frankreich und Großbritannien an Schwarze und wenig später an »Negerbabys« gewöhnen konnten, finden sich in ländlichen Gegenden der Ex-DDR auch heute noch Menschen, die in ihrem Leben nie einen Schwarzen gesehen haben. Denn: »Normale« Ausländer, die ohne Einladung und Visum einreisen konnten, gab es in der DDR nicht. Kontakte mit Einheimischen waren nicht erwünscht. Und die Integration von Ausländern passte schon gar nicht in das Programm der Sozialistischen Einheitspartei Deutschlands (SED).

Das Regime half kommunistischen Bruderstaaten in Asien mit Lehrverträgen und Geräten:

- So lernten beispielsweise in den 70er Jahren im Bekleidungswerk Erfurt junge Vietnamesen das Schneidern und flogen dann zurück in ihre Heimat; ausrangierte DDR-Nähmaschinen folgten als Partnerschaftsgabe.

Das Regime bevorzugte bei den wenigen ausländischen Studenten zahlende Hochschüler aus befreundeten oder neutralen Staaten:

- An der Ernst-Moritz-Arndt-Universität in Greifswald mit ihrem seltenen Studiengang Geologie zum Beispiel gab es in den 70er Jahren unter den insgesamt 3 000 Studenten nur rund hundert Ausländer, davon lediglich zwei aus Schwarzafrika. Viele Studierende kamen aus Kuba, aus Nordeuropa Finnen und Schweden; dazu Russen, Araber, Algerier, Jemeniten, Sudanesen und Vietnamesen. Studenten, die mit Devisen bezahlten, lebten in Einzelzimmern. Die anderen teilten sich meist zu dritt einen 16 Quadratmeter großen Raum mit Doppelstockbetten. Berüchtigt waren die Kommilitonen aus dem Jemen, die in ihrer Heimat wie selbstverständlich Frauen kaufen konnten und das mit ihrer harten Währung auch bei den blonden ostdeutschen Studentinnen versuchten. Die

Verlockung war groß: »Ich bring Dir eine Strumpfhose...«
Und die kostete in der DDR zu jener Zeit 20 Ost-Mark.
Zum Vergleich: Ein Arbeiter verdiente im Monat durchschnittlich 500 Mark, eine Drei-Raum-Wohnung war inklusive Heizung für 40 Mark monatlich zu haben.

Das Regime unterstützte marxistisch-leninistische Befreiungsbewegungen vor allem in Mosambik, Sambia, Angola und Namibia, um sich später Einfluss auf neue sozialistische Staaten zu sichern:

− Im mecklenburgischen Internat Strasburg zum Beispiel wurden in den 80er Jahren neben Einheimischen auch junge Leute aus Mosambik zu Agrotechnikern ausgebildet. Die Afrikaner hatten eigene Lehrer, getrennte Kost und separate Unterkünfte. Lediglich in den Pausen auf dem Schulhof kamen die weißen und die schwarzen Lehrlinge zusammen.

Ein einmaliges Projekt ostdeutscher Entwicklungshilfe für Afrika beginnt am 18. Dezember 1979. An diesem Tag treffen 80 Kinder zwischen drei und sieben Jahren zusammen mit 15 künftigen Kindergärtnerinnen aus Namibia[1], der früheren deutschen Kolonie Südwestafrika, in der DDR ein. Sie kommen – zum Teil schwer traumatisiert – aus dem namibischen Flüchtlingslager Cassinga in Angola, das von südafrikanischen Soldaten überfallen worden war. Rund 600 Menschen, vor allem Frauen und Kinder, starben. Die Afrikaner werden im mecklenburgischen Schloss Bellin[2] bei Güstrow untergebracht, das jetzt als Kinderheim der marxistisch-leninistisch orientierten Befreiungsbewegung South West Africa People's Organisation (SWAPO) fungiert.[3]

Lucia Panduleni Engombe gehörte zu den ersten Kindern aus Namibia, die in der DDR zu SWAPO-Kämpfern und zur Elite eines einst unabhängigen und sozialistischen Staates erzogen werden sollten, getreu dem täglichen Pioniergruß: »Pioniere, als die zukünftigen treuen Verteidiger der namibischen Revolution – seid bereit!« »Immer bereit!« 2004 veröffentlichte sie ihre Erlebnisse unter dem Titel »Kind Nr. 95 – Meine deutsch-afrikanische Odyssee«. Ihr Vorwort beginnt mit den Sätzen: »Als ich sieben Jahre alt war, fragte mich ein weißer Mann: ‚Willst du mit nach Deutschland fliegen?' Ich wusste nicht, was Deutschland ist. Ich kannte nichts anderes als den afrikanischen Urwald, in dem ich lebte. Aber ich wollte fort, weil ich im Flüchtlingslager hungerte... Fast genauso plötzlich wie ich vom Busch nach Europa katapultiert wurde, musste ich mit siebzehn wieder zurück nach Afrika.« 1990, im Jahr der deutschen Wiedervereinigung und der Unabhängigkeit Namibias, verlangt die namibische Regierung die schnelle Rückkehr der Kinder nach Windhoek.

Das Land ist Lucia Engombe so fremd wie die Mutter. Ihr Vater gilt als tot. Später entdeckt die »deutsche« Tochter, dass ihre Mutter ein Verhältnis mit dem ehemaligen SWAPO-Chef und jetzigen Staatspräsidenten Namibias Sam Nujoma hat. Und: Sie findet ihren tot geglaubten Vater im Ovamboland wieder. »Die SWAPO hat unsere Familie gegeneinander ausgespielt und zerstört«, stellt sie fest. Und dann macht sie noch eine Entdeckung: Ihr Vater schläft mit einem Mädchen, das zwei Jahre jünger ist als sie, die Tochter. Ihre Reaktion: »Ich fühlte mich beschissen. Was für einen Vater hatte ich? Einen Mann, der mit Kindern schlief? Ich kam mit dieser Welt nicht zurecht.«[4]

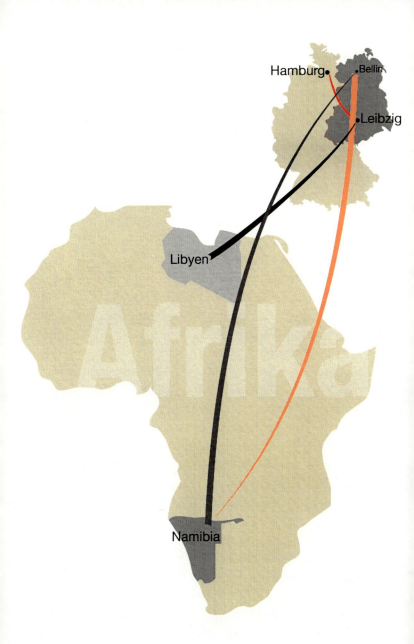

Auch Jacquelin Thomas, die Halbaraberin aus Leipzig, hat nach ihrem fernen Vater gesucht. Gamal (gesprochen: Dschamal) Mahmud el Sahly studierte in Dresden Verkehrswissenschaften, um beim Bau der geplanten Eisenbahn durch die libysche Wüste mitarbeiten zu können. Er lernte Jacquelins Mutter in der Leipziger Disco Matchkers kennen, »einem Tanzlokal für Ältere«, wie die Tochter erklärt. Ein Jahr nach ihrer Geburt beendet der Vater sein Studium und verlässt die DDR – ohne eine Adresse zu hinterlassen. Und die Wüstenbahn wird auch nicht gebaut.

Jacquelin beginnt nach der Schulzeit im sogenannten Dunkeldeutschland – in Leipzig konnten zu DDR-Zeiten westdeutsche Fernsehprogramme nicht empfangen werden – eine Lehre als Konditorin. Aber: Die Bäckerei muss schließen. Die Aussichten in der sächsischen Heimat sind schlecht. 2001 zieht Jacquelin nach Hamburg, setzt ihre Ausbildung als Konditorin fort. Aber: Nach einem Jahr ist auch in der Hansestadt Schluss, ihre Lehrfirma geht pleite. Seitdem arbeitet sie in der Gastronomie: fünf Euro brutto die Stunde, die Rechnung von Zechprellern wird von ihrem Lohn abgezogen. Trotzdem, sagt sie, »geht es mir hier viel besser als den Freundinnen in Leipzig. Die haben keine Zukunftsperspektive, leben von Hartz IV[5)] und sind extrem früh Mütter von zwei bis drei Kindern geworden.« Auch Jacquelin ist inzwischen Mutter. Nach ihrer Heirat mit einem nigerianischen Im- und Exportkaufmann kommt im Oktober 2007 das Wunschkind Evelyn zur Welt. Ein Grund mehr, nach dem unbekannten Vater zu suchen, der jetzt auch Großvater ist.

Immer wieder schrieb Jacquelin an Fernsehanstalten, die in Serien wie »Nur die Liebe zählt« oder »Arabella« auch das

Thema »Ich suche meinen Vater« behandelten. Erfolglos. Im Mai 2009 versuchte sie es schließlich über die libysche Botschaft in Berlin und – am Telefon war ein Mann, der vor 25 Jahren zusammen mit ihrem Vater in Dresden studiert hatte. Eine Woche später rief Gamal Mahmud el Sahdy seine Tochter in Hamburg an und sagte: »Hallo, Jacquelin!« Sie konnte gerade noch »Hallo Gamal« antworten, dann brach sie weinend zusammen und war zwei Tage lang nicht ansprechbar. Sie arrangierte einen Monat Sommerferien bei ihren marokkanischen Bekannten und ein Treffen mit ihrem Vater auf dem Flugplatz von Agadir. »Ich wusste ja nicht, wie er aussieht«, erzählt sie. »Meine Mutter hatte kein Foto und auf meine vielen Fragen nach ihm auch kaum geantwortet. Ich wusste nur, dass er als Kind genau wie ich Afrolocken gehabt hatte.« Also hält sie einen Zettel mit ihrem Namen in der Hand. Ein kleiner, korpulenter Mann mit Glatze und hellem Haarkranz kommt auf sie zu, sie rennt ihm entgegen, umarmt ihn. »Und er blieb eiskalt! So wie die 25 Jahre davor! Ich hätte ihm auf der Stelle verziehen, wenn er sich für sein totales Desinteresse entschuldigt hätte. Aber nichts...« Sie hat arabisch gelernt, im Koran gelesen, in Marokko mit den muslimischen Frauen in einer Moschee gebetet. Aber er verbietet ihr, ihn zu Haus in Tripolis anzurufen oder ihn zu besuchen. Er hat seiner Frau und seinen vier Kindern nichts von seiner deutschen Tochter erzählt und will es auch in Zukunft nicht. Jacquelins Fazit ist bitter: »Ich hätte mir die Reise zu meinem Vater auch sparen können...«

# Anmerkungen:

[1] Der Bremer Kaufmann Adolf Lüderitz erwirbt 1883 von einem Nama-Häuptling in Südwestafrika zwischen Atlantik und Namib-Wüste viel Land und lässt es ein Jahr später unter den Schutz des Deutschen Wilhelminischen Kaiserreichs stellen. 1890 wird das Schutzgebiet Kolonie. Den Aufstand der Herero und Nama gegen die Schutztruppen schlagen die Deutschen 1904 in der »Schlacht am Waterberg« nieder. Der Devise ihres Kommandeurs Lothar von Trotha »keine Gefangenen« folgend treiben die Deutschen die Aufständischen in die Wüste. Etwa 60 000 Herero und 10 000 Nama sterben. Nach Ende des Ersten Weltkriegs verliert Deutschland im Vertrag von Versailles seine Kolonien. Südwestafrika kommt unter südafrikanische Verwaltung. Namibia wird 1934 zur fünften Provinz Südafrikas, ab 1951 gilt auch dort das Apartheitsgesetz. 1960 gründen Exil-Namibier die SWAPO (South West Africa People's Organisation); ihr Präsident Sam Nujoma ist gleichzeitig Chef der Befreiungsarmee PLAN (People's Liberation Army of Namibia), die ab 1966 gegen die südafrikanischen Besetzer kämpft. Obwohl die Vereinten Nationen Südafrika das Mandat über Namibia entziehen und den Widerstand der SWAPO für legitim erklären, dauern die Kämpfe an. Zehntausende von Namibiern flüchten nach Angola. 1978 überfallen südafrikanische Soldaten das Flüchtlingslager Cassinga. Rund 600 Menschen, vor allem Frauen und Kinder, sterben. Die DDR (Deutsche Demokratische Republik), die Namibia mit Geld und Waffen unterstützt, versorgt verletzte Flüchtlinge aus Cassinga in Ost-Berlin und nimmt zwischen 1979 und 1989 mehr als 400 namibische Kinder zwischen drei und sieben Jahren auf. Die Kinder werden im mecklenburgischen Schloss Bellin sowie in Staßfurt bei Magdeburg von namibischen und DDR-Erziehern unterrichtet und im August 1990 in ihre Heimat zurückgeflogen. Namibia ist jetzt eine Republik, ihr erster Präsident Sam Nujoma. Er bleibt es 15 Jahre lang. 2004, zum hundertsten Jahrestag der Schlacht am Waterberg, betont die Bundesrepublik Deutschland ihre besondere Verantwortung für die ehemalige Kolonie Südwestafrika und zahlt mit 11,5 Millionen Euro jährlich die höchste Entwicklungshilfe pro Kopf der Bevölkerung in ganz Afrika. Die deutsche Entwicklungsministerin Heidemarie Wieczorek-Zeul bittet bei einer Waterberg-Gedenkfeier um »Vergebung unserer Schuld«.

2) Das Jagd Schloss Bellin bei Güstrow mit seiner großzügigen Parkanlage wurde 1912 gebaut. Nach dem Ende seiner Funktion als SWAPO-Internat ist es heute Hotel und richtet Veranstaltungen aller Art von Hochzeiten bis zu Seminaren aus.

3) Die Berliner Autorin und Dokumentarfilmerin Uta Rüchel hat unter dem Titel »Wir hatten noch nie einen Schwarzen gesehen« das »Zusammenleben von Deutschen und Namibiern rund um das SWAPO-Kinderheim Bellin 1979 – 1990« untersucht. Ihr Buch, 2001 in Schwerin von der Landesbeauftragten für Mecklenburg-Vorpommern für die Unterlagen des Staatssicherheitsdienstes der ehemaligen DDR herausgegeben, ist zur Zeit vergriffen.

4) Was aus den einstigen SWAPO-Kindern in Bellin nach ihrer überhasteten Rückkehr 1990 in das nun unabhängige Namibia geworden ist, zeigt Regisseur Klaus-Dieter Gralow aus Bad Kleinen in dem Dokumentarfilm »Die Ossis von Namibia«. Lucia Engombe beispielsweise arbeitet als Redakteurin beim staatlichen Sender Namibian Broadcasting Company (NBC). Zu Wort kommen in dem Film auch ehemalige DDR-Erzieherinnen. »Die Ossis von Namibia« gibt es inzwischen auch als DVD.

5) Hartz IV, benannt nach dem Personalvorstand des VW-Konzerns Peter Hartz und seiner Arbeitsmarktreform, ist die Kurzbezeichnung für das Kernstück der Agenda 2010, mit der die rot-grüne Bundesregierung unter Kanzler Gerhard Schröder die Massenarbeitslosigkeit in Deutschland abbauen wollte. Ab 2004 wurden Sozial- und Arbeitslosenhilfe zusammengelegt, die Zahl der Langzeitarbeitlosen sank. Das Landgericht Braunschweig verurteilte Dr. Peter Hartz im Januar 2008 wegen Untreue und Begünstigung zu zwei Jahren Haft auf Bewährung.

# 5. *Renate U. Schürmeyer*
# Kleider in Zement

Sie sagt, sie sei eine doppelte Grenzgängerin: 1957 als Arzttochter in Ost-Berlin geboren, 1960 mit der geschiedenen Mutter ins schleswig-holsteinische Malente gezogen, seit 2003 mit Ehemann Johannes in der alten Dorfschmiede im mecklenburgischen Jeese bei Grevesmühlen zu Hause. Ihre Erfahrungen hüben und drüben hat Renate U. Schürmeyer für das Kunstprojekt »Grenzraum 09/10« – organisiert vom Mecklenburgischen Künstlerhaus Schloss Plüschow – in eine ungewöhnliche Installation umgesetzt. Sie erbat sich von grenznahen Bewohnern in Nordwestmecklenburg und Schleswig-Holstein Kleidung aus der Zeit vor 1989, tränkte sie in Binder und Zement, hängte die erstarrten Kleidungsstücke an Eisengestellen vor dem Museum Grenzhus in Schlagsdorf sowie vor der Grenzdokumentations-Stätte in Lübeck-Schlutup auf und ordnete ihnen handschriftliche Zitate aus den Gesprächen mit den Spendern zu.

»Besonders berührt«, erzählt die Künstlerin, »hat mich der Ausspruch einer Frau am Ratzeburger See, die aus der ehemaligen DDR kam und sagte: ‚Wir konnten das Wasser des Sees riechen, aber wir kamen nicht hin.' Ich wollte mit meiner Installation diese Unbeweglichkeit, diese Starre, aber auch dieses Verdursten – wenn ein Mensch nicht zum Wasser kommen kann – sichtbar werden lassen. Und die erzwungene Erstarrung gab es ja auf beiden Seiten der Grenze. Im Osten mussten sich die Menschen einrichten und mit dem Regime irgendwie arrangieren. Im Westen blockierten Angst, Unwissenheit und Wegschauen bei vielen das Denken.«

Zitate von Zeitzeugen unter den Textilien vom Sommerkleid bis zur NVA(*Nationale Volks-Armee*)-Jacke dokumentierten diese Einschätzung. So hieß es im Osten beispielsweise »Es war gewollt, dass wir einander misstrauten«, »Es gab nur schwarz oder weiß, die Zwischentöne mussten wir uns selber machen«, »Ich war keiner, der mit Steinen geworfen hat, wir hatten uns hier eingerichtet« oder »Einmal nur zu Niederegger, wir wären doch zurückgekommen«. Auf West-Seite lauteten die Aussagen: »Wachtürme machten mir Angst, immer diese Angst, geh keinen Schritt weiter«, »Das da drüben, da war die Welt zu Ende...« oder »Wir haben Kerzen in die Fenster gestellt, für die Brüder und Schwestern in der Zone«.

Renate U. Schürmeyer hat in ihrem Leben nicht nur geografische Grenzen überschritten. Die Familie mütterlicherseits stammt aus Hinterpommern, wurde vertrieben, flüchtete in den Westen. Sie wuchs bei den Großeltern in Malente auf. »Pommern war immer präsent durch Erzählungen von der verlorenen Heimat.« Als die Großeltern sterben, kommt sie in ein Internat, macht in Timmerdorfer Strand Abitur, möchte »etwas mit Kunst machen«, traut sich aber nicht und studiert Tiermedizin in Hannover. Nach dem Physikum traut sie sich endlich, studiert in Ottersberg bei Bremen Kunst, Kunsttherapie und -pädagogik, macht 1984 ihr Diplom, arbeitet einige Jahre als Beschäftigungs- und Kunsttherapeutin in Krankenhäusern und Altenheimen sowie parallel als Malerin. 1985 hat sie – damals noch als Renate Müller – Johannes Schürmeyer aus Gütersloh kennengelernt.

Im künstlerreichen Westmecklenburg fühlte sie sich »sofort angenommen«. Sie wurde 2008 zusammen mit sieben anderen Kunstschaffenden aus dem gesamten Bundesgebiet von Wanja Tolko und Miro Zahra vom Künstlerhaus Schloss Plüschow eingeladen, zum 20sten Jahrestag der Grenzöffnung vom 9. November 1989 am Projekt »Grenzraum 09/10« mitzuarbeiten und ging mit ihrer Installation Erstarrung bis zum Ausstellungsende am 11. November 2009 immer wieder durch die Presse. »Plüschow hat sofort international angefangen und ist über Grenzen gegangen«, schwärmt Renate U. Schürmeyer, »mit der Leiterin Miro Zahra aus Prag und mit Auslandsstipendien für Künstler aus Mecklenburg-Vorpommern.«

Miro Zahra hat die Leitung zum 1. Januar 2010 an Udo Rathke abgegeben – ihren Mann. Die Tschechin aus dem böhmischen Zatec, die ihr Abitur in Prag machte, und der Mecklenburger aus Grevesmühlen studierten an der Kunsthochschule Berlin-Weißensee und sind seit 1985 ein Paar. 1990, im Jahr der deutschen Wiedervereinigung, gründeten die beiden bildenden Künstler den Förderkreis Schloss Plüschow e. V. als Träger für das Mecklenburgische Künstlerhaus und knüpften Auslandskontakte. Udo Rathke: »Wir lebten bis dahin zwar hinter der Mauer, aber nicht hinter dem Mond! Und im Kopf hatten wir das Projekt Plüschow schon fertig. Unsere ersten Stipendiaten waren aus Aserbeidschan. Inzwischen tauschen wir Künstler mit Partnerhäusern in Amerika, Japan und Finnland aus.« Auf die jährlich sechs Gaststipendien kommen mehr als hundert Bewerbungen. In der Leitung des Hauses wechselt sich das Ehepaar ab, damit noch genügend Zeit für die eigene künstlerische Arbeit bleibt. Er, 1993/94 Stipendiat der Villa Massimo in Rom, bezeichnet seine Arbeiten gern als »moving painting« und nutzt dabei den Computer wie Pinsel oder Filzstift als Handwerkszeug, um aus bereits vorhandenen Bildern durch Ausschneiden und Einfügen neue Werke zu schaffen. Sie, die 1994 in der Villa Massimo an einer Atelierausstellung teilnahm und ihre Bilder in Kunsthallen, Galerien und Museen zwischen Chicago, Prag und Rostock zeigte, malt vorwiegend farbige Flächenkonstellationen in Öl auf Leinwand.

Das Barockschloss Plüschow, 1713 vom Hamburger Kaufmann Philip Heinrich von Stenglin als Sommerresidenz gebaut, nach 1945 jahrelang Unterkunft für Flüchtlinge und Vertriebene aus den ehemaligen deutschen Ostgebieten und zwischen 1991 und 2002 komplett saniert, zeichnet sich als »Stätte der Förderung zeitgenössischer Kunst« durch eine Besonderheit aus: Schloss Plüschow ist ein Ort der Arbeit – mit Werkstätten und Ateliers, Stipendiaten aus dem In- und Ausland, mit themenorientierten Gemeinschaftsausstellungen, Symposien und Workshops. Und wer mag, kann sich als Künstler für einige Wochen auch ein Atelier mieten. Damit hat das so künstlerreiche Westmecklenburg seit genau 20 Jahren einen weltbekannten Arbeitsschwerpunkt nahe der ehemaligen innerdeutschen Grenze.

Gemessen an seinen 64 Einwohnern pro Quadratkilometer – in Nordrhein-Westfalen sind es 514, im Bundesdurchschnitt 222 – leben im Westen Mecklenburg-Vorpommerns überdurchschnittlich viele Künstler. Das liegt nicht nur, wie der Kunsthistoriker Ulrich Rudolph im Kunst-Handbuch[1] von 2007 schreibt, an der »systemtypischen Politik der ‚Künstler-Landverschickung' in der DDR« und an der »DDR-spezifischen Immobiliensituation« (Häuser auf dem

Land waren zwar in ruinösem Zustand, kosteten bis 1989 aber fast nichts). Es ging darum, den Ballungszentren mit »ihren Ablenkungen und sonstigen äußeren Einflüssen zu entfliehen, um einen wirklich eigenen künstlerischen Weg in Konzentration auf sich selbst« zu finden. »Der Rückzug aufs Land schien dabei nicht wenigen auch eine Alternative zum ‚Ausreiseantrag‘, dem Gang in den Westen.«

Ulrich Rudolph hat drei Kilometer vor dem Westen halt gemacht: In Testorf bei Zarrentin im ehemaligen Sperrgebiet an der innerdeutschen Grenze eröffnete er im Oktober 2009 zusammen mit seiner Partnerin, der Designerin und Papierkünstlerin Anne Meixner, den »Kunstraum Testorf« als Galerie für zeitgenössische Kunst. Damit ist er wieder bei seiner liebsten Profession – die vielen, meist allein werkenden Künstler im Land Mecklenburg-Vorpommern besuchen, beraten, ermuntern, fördern und ihnen unter seinem Dach Öffentlichkeit durch den Kontakt zum Publikum zu ermöglichen.

Der 1952 in Grünhainichen im Erzgebirge als Sohn eines parteilosen Holzschleifers geborene Rudolph studierte nach dem Abitur Kunstwissenschaft und Kunstgeschichte an der Berliner Humboldt-Universität und arbeitete dann als »Sektorenleiter für bildende Kunst beim Bundessekretär des Kulturbundes der DDR«. Er kündigte »aufgrund kulturpolitischer Differenzen«, zog 1983 in das Dorf Bülow bei Rehna in Nordwestmecklenburg und sanierte ein altes Bauernhaus. 1989 gehörte er zu den Begründern des Neuen Forum[2] im Norden der DDR, organisierte – ganz wichtig war die Devise »ohne Gewalt« – Demonstrationen in Schwerin und Gadebusch. Nach mehreren Jahren als Angestellter und Amtsleiter für Schule, Jugend, Kultur und Soziales in der Kommunalverwaltung ist er seit 2000 wieder freiberuflich tätig. Seit 2007 lebt der Kunstwissenschaftler und Fotograf in Testorf in einem Bauernhaus von 1903, hält Schafe, Hühner, Hund und Katze. »Als Kunstwissenschaftler«, sagt er, »habe ich mich immer auch politisch geäußert. Ich wollte das System verändern, und verbessern will ich es auch heute noch.« Allerdings: Der Rebell ist mit zunehmenden Jahren etwas ruhiger geworden, und aus seiner Sicht hat sich auch Gesamtdeutschland verändert. »Zu meiner Freude hat sich Deutschland sehr positiv zu einer sehr individualisierten Gesellschaft entwickelt. Die Welt ist für uns alle durch die Globalisierung und das Internet viel größer geworden und die Deutschen sind offener, freier, liberaler.« Kleine nachdenkliche Pause. Und dann sagt Ulrich Rudolph: »Wir Deutsche haben – mit Blick auf die Welt – keinen Grund, über irgendetwas in unserer Gegenwart unglücklich zu sein!«

# Anmerkungen:

[1] Das Buch »Kunst und Künstler in Nordwestmecklenburg« von 2007 stellt als touristischer Reiseführer Ateliers, Kunstvereine, Galerien vor und bringt neben Kurzbiografien der Künstler auch deren Ausflugstipps in die Region.

[2] Das Neue Forum, am 9. September 1989 in Grünheide bei Berlin von Oppositionellen des DDR-Regimes wie Bärbel Bohley, Rolf Henrich und Jens Reich gegründet, organisierte die Montagsdemonstrationen wie in Leipzig und forderte Reisefreiheit, Parteienvielfalt, Auflösung des Ministeriums für Staatssicherheit (Stasi) und eine demokratische Verassung. Damit wurde das Neue Forum zur stärksten oppositionellen Bewegung und trug wesentlich zur friedlichen Revolution bei.

## 6. *Ernst Haack*
# Ausgewandert nach Schadeland

Als Deutschland noch ungeteilt und die Sektorengrenze zwischen der Bundesrepublik Deutschland (BRD) und der Deutschen Demokratischen Republik (DDR) noch nicht mit Stacheldraht und Minen fluchtsicher verbarrikadiert war, orientierten sich die Einwohner des schleswig-holsteinischen Grenzortes Gudow in Richtung Osten – zum mecklenburgischen Zarrentin am Schaalsee. »Da gab es einen Zahnarzt, einen Tierarzt, Handwerker aller Art, und da wurden unter anderem auch Dreschmaschinen gebaut«, erzählt der Gudower Bauer Ernst Haack. »Zum nächsten westlichen Städtchen Mölln dagegen führte keine befestigte Straße, und die Strecke war hin und zurück sechs Kilometer länger – in Zeiten der Pferdefuhrwerke ein entscheidender Nachteil.« Seit Deutschland mit dem formellen Beitritt der DDR zur BRD vom 3. Oktober 1990 wieder ein Staat ist, blickt Familie Haack wie früher gen Osten. »Wir sind nach Schadeland ausgewandert«, sagt Ernst Haack. Dort, im ehemaligen Sperrgebiet gleich hinter dem Grenzgraben, hat sich sein Sohn Christoph mit Haus, Hof und Stall angesiedelt.

Die Biografie der Familie Haack spiegelt ein gewichtiges Stück deutscher Geschichte wieder. 1910, noch zur sogenannten Kaiserzeit unter Wilhelm II., heiratet der Großvater in den Hof der Gudower Familie Eggert ein.1936 wird sein Enkel Ernst geboren, und der erfährt selbst in dem abgelegenen Dörfchen, was Krieg bedeutet. Da gibt es Fremdarbeiter auf dem Hof als Ersatz für die »Männer im Feld«. Bei den Haacks darf das polnische Ehepaar beim Essen mit am Familientisch sitzen, und das Dienstmädchen aus der Ukraine hilft dem Schüler Ernst bei den Hausaufgaben.

Im Juli 1943, als alliierte Flugzeuge mit ihrem Bombenteppich auf Hamburg einen Feuersturm entfachen, segeln angekohlte Zeitungsfetzen bis nach Gudow. Die Haacks nehmen ein ausgebombtes Hamburger Ehepaar bei sich auf. Im selben Jahr stirbt der Vater im Frankreich-Feldzug durch die Explosion eines Blindgängers. Dann kommt der Krieg näher – Ernst Haack: »Zwei Bomben fielen hinter dem Gudower See in den Wald, und einmal landete ein von alliierten Jagdbombern verfolgtes deutsches Wasserflugzeug auf dem See!« –, und mit Kriegsende ist die britische Besatzungsmacht da. Haack: »Die Engländer requirierten unsere Holzvorräte für den Winter.«

1964 übernimmt Ernst Haack mit 28 Jahren den Hof in Gudow, den bis dahin der Stiefvater bewirtschaftet hat. Im selben Jahr heiratet er die ein Jahr jüngere Bauerntochter Alma Grote aus Woltersdorf bei Hornbek. Sie kennen sich von der

Schule, sind wie alle Bauernkinder jener Zeit in der Landjugend. »Und irgendwann nahm ich sie in den Arm«, erzählt er. In den folgenden Jahren werden die Kinder Detlef, Christoph und Regina geboren. Ab 1968 logieren bei Familie Haack für drei Jahrzehnte zwischen Ostern und Herbst regelmäßig Feriengäste; 60 Prozent kommen aus Berlin, der »Frontstadt« des Kalten Krieges zwischen dem kommunistischen Osten und dem kapitalistischen Westen, die übrigen aus Frankfurt und Hamburg. Die Feriengäste sind ein wichtiges Zubrot für die Landwirtschaft mit Rinderhaltung und Getreideanbau.

Mit dem zweiten Mann der Mutter hat die Familie nun auch Verwandte drüben, in der früheren Sowjetischen Besatzungszone (SBZ), die sich am 7. Oktober 1949 zur eigenständigen Deutschen Demokratischen Republik erklärt und dann gegen den westlichen Klassenfeind abgeschottet hat. Als Anfang der 70er Jahre im Rahmen des Kleinen Grenzverkehrs Verwandtenbesuche von West nach Ost möglich sind, darf Ernst Haack seinen betagten Stiefvater als registrierte Begleitperson zum Bruder nach Badekow bei Boizenburg begleiten. Die Genehmigung für die jeweils 24-stündigen Besuche gilt sechs Wochen lang, die mehr oder minder schikanösen Kontrollen am östlichen Grenzübergang Lauenburg-Horst können zwei bis zweieinhalb Stunden dauern. »Ich war sehr neugierig auf das Land und die Menschen drüben«, erzählt Bauer Haack. »Aber ich bin jedes Mal mit Muffensausen rübergefahren; denn die konnten uns ja wegen nichts etwas anhängen.« Unvergesslich sind ihm folgende Erlebnisse:

- »Bei einer Verwandtenhochzeit 1983 in Gresse gab es für jeden nur ein Glas Wein – Wein war teure Importware –, aber reichlich andere alkoholische Getränke.

Und schließlich sangen wir Westdeutschen ‚Oh, wie ist es am Rhein so schön...'. Die Ostdeutschen schwiegen. Rhein war im Westen, und dort konnte es nicht schön sein...«

- In Badekow mussten die Gymnasiasten sonntags um 21 Uhr in der Schule sein und sich gemeinsam im Fernsehen Karl-Eduard von Schnitzlers[1] »Der schwarze Kanal« ansehen. Der DDR-Chefkommentator – im Osten wie im Westen auch »Sudel-Ede« genannt – begann mit der Standard-Ankündigung »Der Schwarze Kanal, den wir meinen, meine lieben Damen und Herren, führt Unrat und Abwässer...« und zeigte dann Ausschnitte aus Fernsehsendungen der Bundesrepublik. Haack: »Die jungen Leute waren derart indoktriniert, dass sie mit uns Westlern kaum ein Wort wechselten.«

- Die Stiefverwandten beklagten sich immer wieder über die Bevormundung durch die Sozialistische Einheitspartei Deutschlands (SED), die das Mitdenken untersagte und Reisen ins kapitalistische Ausland verbot.

- Ein Stiefcousin hatte an seinem kleinen Autoanhänger riesige Rückleuchten montiert, die eher zu einem Schleppanhänger gepasst hätten. »Ich vermute, die waren irgendwo abgezweigt«, sagt Ernst Haack. »Geschoben wurde drüben viel. Der Vorsitzende einer Landwirtschaftlichen Produktionsgenossenschaft (LPG) zeigte mir einmal seine Reserve-Materialliste. Darauf stand alles, was ein landwirtschaftlicher Betrieb so braucht – vom Keilriemen über Muffen bis zum Ersatzventil. Aber: Hinter vielen Positionen stand auch ein R. Und das bedeutete: Rückstand in der Produktion. Also waren all diese Ersatzteile zur Zeit nicht zu haben.«

- Der Grenzgraben auf DDR-Seite wurde umschichtig von Ost- und West-Seite gesäubert. Als auf DDR-Seite zwei alte Männer unter scharfer Bewachung der Grenzsoldaten im Graben arbeiteten, sprach Ernst Haack sie an. »Sie antworteten nur knapp mit Ja und Nein. Einer von ihnen soll später wegen ungesetzlicher Kontaktaufnahme zum Klassenfeind verhaftet und verurteilt worden sein.«

Bauer Haack hat an seinem Hof in Gudow nur einen Hektar Hausweide – zu wenig für seine 45 Kühe. Also muss er sie in jedem Frühjahr auf die gut drei Kilometer entfernte Weide in Sophienthal direkt an der innerdeutschen Grenze bringen. In der Landwirtschaft ist Zeit kostbar und im wahrsten Sinne des Wortes Geld. Haack: »Je weiter die Arbeit weg ist, desto mehr bleibt an den Rädern hängen. Zweimal täglich zum Melken der Kühe nach Sophienthal fahren, heißt zweimal 20, also 40 Minuten pro Tag verlieren.« Außerdem wird das hofferne Kühlen der Milch im Sommer zum Problem.

Am Vormittag des 10. November 1989 fährt Ernst Haack zum Besamen seiner Färsen nach Sophienthal. Da kommt ihm ein Trabbi entgegen. Verblüfft winkt er und weiß nicht: »Träume ich, oder ist da einer von drüben ausgebüxt?« Er träumt nicht. Er hat nur am Vorabend den weltbewegenden Mauerfall verpasst.

Und bald kann er sich jenseits der innerdeutschen Grenze direkt hinter dem Todesstreifen ansehen, was 40 Jahre sozialistische Bewirtschaftung hinterlassen haben. Das Ergebnis ist ernüchternd. Zwar sollten nun nach der Wiedervereinigung alle ehemaligen Eigentümer im Schadeland ihre Grundstücke zurückbekommen, weil keiner mehr als hundert Hektar besessen hatte und damit der kommunistischen Forderung »Junkerland in Bauernhand« entgangen war. Aber:

- Viele schmale Landstreifen von nur knapp 2 000 Quadratmetern hatten einst Zarrentiner Handwerkern gehört, die sich nach dem Motto »Eine Kuh deckt den Tisch« so ihr Zubrot an Milch, Butter, Käse und Fleisch sicherten. Außerdem hatte es im Schadeland einige Nebenerwerbsbetriebe mit drei bis zehn Hektar Land gegeben. Diese kleinteilige Landwirtschaft war im zentralistisch gesteuerten DDR-Wirtschaftsleben zugunsten von Produktionsgenossenschaften für Handwerk und Landwirtschaft zerschlagen worden. Die Folge: Nach der Wende konnten selbst mit den Unterlagen des Katasteramts die früheren Grundstücke kaum mehr vermessen und zugeordnet werden.

- Von den ehemals fünf großen und mehreren kleineren selbstständigen Bauern im Schadeland fand keiner mehr den Mut oder die Mittel, noch einmal von vorn anzufangen und Geräte, Vieh und Saatgut zu kaufen. In den Maschinen-Traktoren-Stationen (MTS) der Landwirtschaftlichen Produktionsgenossenschaften hatten die Maschinen sommers wie winters meist draußen gestanden, jetzt waren sie total veraltet, die Bauernsöhne als potenzielle Nachfolger in andere Berufe abgewandert, die Enkel dem Hofleben als Bauer entwöhnt.

Die meisten Erben und Erbengemeinschaften im Schadeland wollen im wiedervereinigten Deutschland nur eines: ihr Land verpachten oder verkaufen; und zwar am liebsten an westdeutsche Bauern. Ernst Haack möchte dabei sein, um der Enge in Gudow zu entgehen. 1993, mit 57 Jahren, weiß er, dass er selber im Schadeland nicht wird siedeln können – er hat eine schwere Herzoperation hinter sich und muss seinen Betrieb abgeben. In Schleswig-Holstein gilt das Ältestenrecht. Aber: Der älteste Sohn Detlef ist Uhrmacher und hat ein Geschäft in Mölln; also Christoph, der Zweitälteste, staatlich geprüfter Landwirt. »Bauer in Gudow«, sagt er, »wäre eng, aber beschaulich gewesen. Jetzt, im wiedervereinigten Deutschland herrschte Aufbruchstimmung!«

Christoph Haack ist 1989 beim Fall der Mauer 23 Jahre alt. Als Kind war er ein Mal in Badekow bei den Cousins des Stiefgroßvaters und erinnert noch »den Riesenaufwand« an Kontrollen vor den Schlagbäumen. Am 9. November 1989 besucht er seinen Bruder in Mölln. Da kommt ein Kunde in das Uhrengeschäft und sagt: »Die Grenze ist offen! Und wir gehen jetzt feiern!« Im Dezember will Christoph Haack testen, wie offen die Grenze ist. Er fährt über die A 24 von Gudow nach Zarrentin, muss seinen Pass abstempeln lassen, kehrt sofort um und bekommt den Ausreisestempel – ein bizarres Andenken. Im Sommer 1990, kurz vor dem Beitritt der DDR zur BRD, lacht er die ostdeutschen Grenzbeamten auf dem Weg nach Zarrentin nur noch aus und fährt an ihnen vorbei. »Wir haben uns für und mit den befreiten Menschen drüben sehr gefreut«, sagt er.

Der Hoferbe will in Richtung Osten expandieren. Zum 1. Januar 1993 meldet er beim Amt für Landwirtschaft in Wittenburg einen Betrieb im Schadeland an. »Anfangs hatten wir da nur einen Wohnwagen«, sagt er. Aber dann nimmt sein beruflicher und familiärer Werdegang Fahrt auf. Er pachtet und kauft Land, baut 1994 einen Kuhstall, dann die große Scheune und 1999 ein Wohnhaus. 1992 hat Christoph Haack beim Schützenfest in Gudow Gitta Hauschild aus Bornstein bei Eckernförde kennengelernt, die Hauswirtschaftsleiterin der Familie von Bülow. 1995 ist Hochzeit. Die beiden ältesten Töchter Catharina und Alexandra kommen noch als Schleswig-Holsteinerinnen zur Welt; die dritte Tochter Sophia und die Zwillinge Jonas und Julian sind bereits gebürtige Mecklenburger. Die Älteste geht in Wittenburg aufs Gymnasium, die beiden anderen Töchter besuchen in Zarrentin die Regionalschule, die Zwillinge sind im Lüttower Kindergarten, werden vom Schulbus abgeholt und zurückgebracht. »Nach Westen«, sagt Christoph Haack , »orientieren wir uns eigentlich gar nicht mehr«. Er bewirtschaftet zwar noch den Resthof in Gudow und hat seinen Maschinenpark von dort mitgebracht, Ersatzteile jedoch kauft er inzwischen beim Schmied in Lüttow oder in Hagenow.

Christoph Haack ist heute der einzige Bauer im Schadeland. Mit einem Angestellten und einem Auszubildenden baut er Weizen, Gerste, Mais und Raps an. Auf seinen Weiden – alle mit Strom- und Trinkwasseranschluss ausgerüstet – stehen rund 300 Rinder. Die etwa 140 Milchkühe kommen zwei Mal am Tag zum Melken in den Stall. Die putzigen Kälber-Iglus davor sind das Entzücken der Spaziergänger und Radfahrer, die hier im Biosphärenreservat Schaalsee[2] Ruhe und Natur genießen wollen. »Ich könnte jeden Sonntag Kaffee und Kuchen vor der Haustür verkaufen«, sagt Gitta Haack.

Auch Ernst Haack ist jetzt oft im Osten: Er hilft seinem Sohn beim Melken, Mähen und bei der Suche nach einem neuen Auszubildenden, er besorgt Muffen für geplatzte Wasserleitungen, Eichenpfähle für die Koppeln und Dünger für die Weiden, und er fährt die Enkel zum Schwimmbad. »Die Wiedervereinigung«, sagt er, »ist ein Segen«!

## Anmerkungen:

[1] Karl-Eduard von Schnitzler, Sohn eines Generalkonsuls, entstammte einer adligen westdeutschen Familie. Nach Kriegsende entschied er sich für den Sozialismus und übersiedelte 1947 in die Sowjetische Besatzungszone (SBZ). Dort machte er als Journalist und Agitator gegen die Bundesrepublik Karriere. Seine Fernsehsendung »Der Schwarze Kanal« flimmerte mehr als 1 500 Mal über die Bildschirme. Karl-Eduard von Schnitzler starb 2001 im Alter von 83 Jahren.

[2] Das Biosphärenreservat Schaalsee gehört seit dem Jahr 2000 zu einer der 15 deutschen UNESCO-Modellregionen und repräsentiert nach 40 Jahren Grenz- und Sperrgebiet »als Tafelsilber der Deutschen Einheit« (so der damalige Umweltminister Klaus Töpfer) eine der wertvollsten Kulturlandschaften Deutschlands. Das 309 Quadratkilometer große Schutzgebiet teilt sich in eine für Menschen weitestgehend unzugängliche Kernzone, eine Pflege- sowie eine Entwicklungszone wie das Schadeland mit Siedlungen und vorwiegend extensiver Landwirtschaft. Vor dem PAHLHUUS, dem Informations- und Verwaltungsgebäude des Biosphärenreservats in Zarrentin, gibt es an jedem ersten Sonntag von April bis November den Biosphäre-Schaalsee-Markt, auf dem vorwiegend regionale Anbieter mit der Auszeichnung »Biosphärenreservat Schaalsee – Für Leib und Seele« ihre Waren verkaufen.

# 7. *C.-A. v. Treuenfels + Margarete Schwarz*
## Neuhof und die Vertriebenen

An einem warmen Frühlingstag 1990 kommt es im mecklenburgischen Neuhof bei Zarrentin zu einer Begegnung, die ohne den Mauerfall vom 9. November 1989 nicht möglich gewesen wäre. Die ehemalige Gemeindesekretärin Margarete Schwarz, heute 91 Jahre alt, erinnert sich. »Ich bin ja ganz klein«, erzählt sie, »gerade mal ein Meter fünfzig. Und da steigt so ein riesiger Zwei-Meter-Mann vor unserem Schloss aus dem Auto...« Dieser Mann ist Carl-Albrecht von Treuenfels – der Erbe von Neuhof. Sein Urgroßvater hat das Gutshaus 1848 bauen lassen. 1945 floh die Familie vor den anrückenden Russen in den Westen. Carl-Albrecht war sechs Jahre alt, als er seine Heimat verlor. Für die Brandenburgerin Margarete Schwarz, die 1945 erst von den Russen verschleppt und dann von den Polen vertrieben wurde, ist Neuhof seit 1952 Heimat. Der halbe Meter Größenunterschied zwischen den beiden Menschen ist kein Hindernis für eine gegenseitige Wertschätzung. Er lobt ihren wachen Geist, sie seine Großherzigkeit: »Er hat versprochen, wenn er das Schloss zurückbekommt, wirft er uns Flüchtlinge nicht raus. Und eigentlich ging es der Familie von Treuenfels ja genauso wie uns. Wir alle wurden vertrieben, nur: sie hatten eben viel und wir wenig.«

Das Viel der Familie von Treuenfels lässt sich genau bemessen: Sie bewirtschaftete 1 500 Hektar Land und Wald. Das Gut Neuhof, 1194 zum ersten Mal in einer Urkunde erwähnt, wurde wie die meisten anderen mecklenburgischen

Herrensitze und Dörfer verkauft, vererbt, verschenkt oder verpfändet und hatte ganz unterschiedliche Besitzer: Grafen und Herzöge, Kanzler und Barone, Lübecker Bürger, aber auch die Kirche zu Ratzeburg und den König von Preußen. 1760 kaufte Daniel Friedrich von Treuenfels, jüngster Sohn des Johann Canolt, der 1689 vom Schwedenkönig Karl XI. zum »von Treuenfels« geadelt worden war, die Güter Neuhof, Boissow und Schaliß. 1848 hat Urgroßvater Carl Ludwig Jasper das Gutshaus in Neuhof mit Wirtschaftsgebäuden, Kutsch- und Pferdestall bauen lassen, wenig später den Speicher und in Boissow die Schmiede. Außerdem vergrößerte der Großherzoglich-Mecklenburgische Kammerherr seinen Besitz um die damals ebenfalls mecklenburgischen Güter Alt- und Neu-Horst. Großvater Gebhard Ernst Jasper teilt das Erbe unter seinen beiden Söhnen auf: Gebhard erhält Alt- und Neu-Horst, der Landwirt und Jurist Carl bekommt Neuhof, Boissow und Schaliß. Inzwischen haben alle Wohnräume in Neuhof Strom und fließend Wasser, werden aber noch mit Öfen beheizt. Als Carl-Albrecht von Treuenfels im Herbst 1944 in Boissow in die Schule kommt, scheint die Welt der mehr als tausend mecklenburgischen Großgrundbesitzer noch in Ordnung.

Aber ein paar bittere Monate später geht der Zweite Weltkrieg und damit auch die Geschichte der Familie von Treuenfels in Mecklenburg dem Ende zu. Erst kommen Flüchtlinge und Vertriebene aus den deutschen Ostgebieten[1], erzählen vom Einmarsch der Sowjetarmee und ihren Übergriffen auf die Zivilbevölkerung, machen auf dem Weg nach Westen ein paar Tage Rast in Neuhof. Dann kommen von Westen her die Besatzer: zuerst die Amerikaner, anschließend die Engländer. Aber sie bleiben nicht. Sie ziehen sich zurück, überlassen

Mecklenburg den Russen. Carl-Albrechts Vater liegt verletzt in einem dänischen Internierungslager; die Mutter flüchtet im April 1945 mit den vier Kindern – der jüngste Sohn ist gerade fünf Monate alt – zu den »westlichen« Verwandten ins nun schleswig-holsteinische Alt-Horst. Im August kehrt der Vater auf Krücken zurück. 1946 zieht die Familie in die frühere Gutsmeierei und ins spätere Verwalterhaus nach Neu-Horst. Fast 30 Menschen hausen hier zeitweise unter einem Dach.

»Meine Eltern«, erzählt Carl-Albrecht von Treuenfels, »haben uns immer gesagt, Neuhof, Boissow und Schaliß sind unsere Heimat«. Sein Vater wird diese Heimat nie wiedersehen – obwohl sie auf dem Landweg nur 20 Kilometer entfernt ist. Die Deutsche Demokratische Republik (DDR), am 7. Oktober 1949 auf dem Gebiet der Sowjetischen Besatzungszone (SBZ) gegründet, hat sich gegen Westdeutschland abgeschottet. Die Enteignung aller landwirtschaftlichen Betriebe von mehr als hundert Hektar Größe nach der Devise »Junkerland in Bauernhand« begann allerdings schon unter den sowjetischen Besatzern. In der Chronik über »Die Geschichte des Dorfes Neuhof« heißt es dazu: »So schlug die Kommunistische Partei

Deutschland, Bezirk Zarrentin in einem Schreiben an die Kreiskommission für Bodenreform beim Landrat in Hagenow vom 5. 10.1945 zur Enteignung vor das Rittergut von von Treuenfels...«

Die 1 500 Hektar Land, davon 875 »unterm Pflug«, wurden parzelliert in 80 Siedlerstellen in Neuhof und 27 in Boissow; die durchschnittliche Größe: sieben Hektar. An diese sogenannten Neusiedler – Tagelöhner, Landarbeiter und landlose Bauernsöhne – sowie Umsiedler – vor allem vertriebene Bessaraber, Ostpreußen und Sudentendeutsche – gingen auch alle Geräte und alles Vieh der Familie von Treuenfels. Im Westen verwaltet Vater Carl für seinen Bruder Gebhard zunächst das Vorwerk Neu-Horst. Es wird ab 1948 aufgesiedelt. Dann kauft der Vater von der Siedlungsgesellschaft den Resthof mit 30 Hektar. »Welch ein Absturz von 1 500 auf 30 Hektar«, sagt der Sohn. Er wohnt heute noch im mehr als 150 Jahre alten Verwalterhaus in Neu-Horst.

Von seinem Vater, »einem moderaten Freizeitjäger«, hat er gelernt, Pflanzenarten zu unterscheiden, Fährten zu lesen und Tierstimmen zu deuten. Schon als Schüler hat er für Zeitungen wie die »Lübecker Nachrichten« und »Die Welt« Natur fotografiert und beschrieben, seit mehr als drei Jahrzehnten erscheinen seine Fotos und Artikel heute noch in der »Frankfurter Allgemeinen«. Nach dem Abitur an der Lauenburgischen Gelehrtenschule in Ratzeburg leistet er seinen Wehrdienst, studiert Jura in München, Berlin sowie im französichen Aix-en-Provence und arbeitet elf Jahre in der Frankfurter Werbeagentur J. Walter Thompson. Aber dann nimmt seine große Leidenschaft Natur und vor allem sein Lieblingsvogel, der Kranich, neben seiner Tätigkeit als

Rechtsanwalt und Notar immer mehr Lebensraum und -zeit ein. Carl- Albrecht von Treuenfels hat mit Unterstützung der Lufthansa – Wappenvogel: Kranich – alle 15 Arten von Kranichen weltweit fotografiert: Schwarzhalskraniche im 4 000 Meter hohen tibetischen Hochland, Schreikraniche in Nordamerika, Schneekraniche nördlich des Polarkreises in Jakutien und am Poyang-See in Südostchina. Er war seit 1980 im Vorstand des WWF *(World Wide Fund for Nature)*[2] Deutschland und von 1989 bis 2005 dessen Präsident. Dem WWF-Stiftungsrat gehörte er – Rekord! – von 1980 bis Ende 2009 an, also genau 30 Jahre. 2006 bekam der Journalist, Fotograf, Jurist, Naturschützer, Ornithologe und Buchautor[3] das Bundesverdienstkreuz.

Nach der Grenzöffnung besucht Carl-Albrecht von Treuenfels seine verlorene Heimat. Und nun lernt er auch die Frau kennen, die das Grab seiner Schwester Sigrid – 1940 geboren, 1943 gestorben und begraben auf dem für die Familie unerreichbaren Friedhof in Neuhof – in den Jahren der deutschen Teilung betreut hat: Margarete Schwarz, Jahrgang 1919. Wie seine Familie wurde auch sie einst vertrieben.

Sie ist »ein Warthebruch-Kind« aus Seidlitz in Brandenburg. Der Alte Fritz, König von Preußen, hatte das Überschwemmungsgebiet im 18. Jahrhundert trockenlegen lassen und die neu gegründeten Dörfer nach seinen verdienten Offizieren benennen lassen. 1763 entsteht das Dorf mit dem Namen des Generals von Seidlitz[4]. Der Urgroßvater von Margarete Schwarz bekommt eine Kolonistenstelle mit fünf Morgen Land, also rund 3,3 Hektar, und kauft dann weitere fünf Morgen von einem abgebrannten Nachbarn hinzu. Nun hat er die Hausnummern 55/56. Dort wird seine Urenkelin Margarete als Bauerntochter geboren. Sie geht acht Jahre zur Schule, würde gern weiter lernen und Lehrerin werden. »Aber die Eltern brauchten mich auf unserer Klitsche, und wir Kinder fühlten uns moralisch dazu verpflichtet, den Eltern zu helfen.« Sie darf lediglich zwei Winter lang in der Landwirtschaftsschule in Landsberg Hauswirtschaft und Babypflege lernen. Dann stirbt die jüngere Schwester mit knapp einem Jahr an sogenannten Zahnkrämpfen, der vier Jahre ältere Bruder fällt im Februar 1941 im russischen Charkow. Margarete ist die einzige Stütze der Eltern auf dem inzwischen neun Hektar großen und von den Nationalsozialisten so bezeichneten »Erbhof Nummer 7«. Sie halten Pferde, Kühe, Mastbullen, Zuchtsauen, Hühner und Schafe, bauen Kartoffeln, Roggen, Gerste, Winterweizen, Mais und Rüben an und auf Befehl des Führers Adolf Hitler auch Lein. »Aus den Leinsamen haben wir Öl gemacht, den Lein mussten wir für die Stoffproduktion abliefern«, erzählt Margarete Schwarz. Freundschaft mit einem jungen Mann oder gar Heirat kommt für sie nicht in Frage. »Wer soll mir dann den Pudding kochen«, lamentiert der Vater und verbietet ihr jeglichen Umgang mit Männern.

Vor den russischen Männern kann der Vater sie nicht bewahren. Mitte Februar 1945 erobert die Sowjetarmee Brandenburg. Alle Einwohner müssen sich melden, alle arbeitsfähigen Männer und Frauen werden nach Osten getrieben, müssen für die Russen Flugplätze bauen und ab Kriegsende nur noch sinnlos Eimer mit Sand hin- und herschleppen. »Ich habe Glück gehabt, ich bin nicht vergewaltigt worden. Ich habe mich zu einer ‚starik babka' gemacht, zu einer alten Frau. Aber die anderen... diese entsetzlichen Schreie... Wir haben uns die Decke über den Kopf gezogen.« Dann geht es weiter Richtung Frankfurt/Oder und schließlich nach Oberschlesien. »Hier haben wir Graupen und Entlausungsmittel bekommen«, erzählt Margarete Schwarz. In Asslan bei Bunzlau, der Porzellanstadt, lassen die Russen die Frauen schließlich laufen. »Von den Männern haben wir keinen wiedergesehen!« Sie selbst erreicht am 25. Mai 1945 ihr Elternhaus in Seidlitz: halb verhungert, verlaust, an Ruhr erkrankt, mit Wasser in den Beinen und Lumpen an den Füßen. »Wir haben viel durchgemacht«, sagt sie. »Aber die Ostpreußen noch mehr.«[5]

Genau vier Wochen bleiben der 26-Jährigen zur Erholung im Elternhaus. Am 25. Juni 1945, einem Sonntag, wird die Familie morgens um 6 Uhr von Polen vertrieben. »Dies Datum kann ich nicht vergessen. An diesem Tag bin ich seitdem zu nichts zu gebrauchen.« Sie wird mit den Eltern nach Boissow »umgesiedelt« und dann nach Schaliß, sie arbeitet in der Landwirtschaft und als Köchin für die Grenzpolizei. Am 30. Januar 1949 brennt es in Schaliß, Familie Schwarz verliert ihre letzten Habseligkeiten. Die Eltern gehen betteln um ein Stück Brot, kommen in einer Stube in der ehemaligen Schule in Boissow unter. Tochter Margarete beginnt im April 1950 als Sekretärin im Gemeindebüro Neuhof, zieht 1952 dorthin. »Da war eine Familie in den Westen ausgebüxt, und im Schloss wurde eine Wohnung frei.« Zehn Flüchtlingsfamilien leben jetzt im ehemaligen Haus der Familie von Treuenfels.[6]

Die alleinstehende Margarete Schwarz ist eine der rührigsten Einwohner Neuhofs. Außer im Gemeindebüro arbeitet sie halbtags in der LPG *(Landwirtschaftlichen Produktionsgenossenschaft)*, drei Mal vertritt sie den Bürgermeister als »Beauftragte für Personenstandsfragen« und traut Hochzeitspaare[7]. 1978 widmet die Sozialistische Einheitspartei Deutschlands (SED) der Genossin Schwarz eine Ehrenurkunde »in Anerkennung ihrer mehr als 25jährigen treuen und aktiven Arbeit für die Ziele unserer Partei und die Sache der Arbeiterklasse«. Ist sie eine Kommunistin? Empörtes »Nein! Ein Bauer kann kein Kommunist sein! Er hat Eigentum und ist bodenständig. Kommunisten – das sind die Arbeiter«, sagt die Bauerntochter.

1979 geht sie mit 60 Jahren offiziell in Rente, hat nun monatlich 470 Ostmark. Aber sie »wollte in Schwung bleiben«, und Arbeit füllt weiterhin ihre Tage. Sie hat drei Gärten von der Gemeinde gepachtet, hält Kaninchen und Hühner, verkauft regelmäßig die Eier an den Konsum und bekommt pro Stück mehr Geld, als es dann im Laden kostet. 1 778 Ost-Mark verdient sie im Jahr mit den Eiern. »Davon konnte ich leben«, erzählt sie. 1 093 Ost-Mark bringen die Kaninchen, Obst und Gemüse aus ihren Gärten sind ein weiteres Zubrot.

Und dann kommt 1989 die Grenzöffnung – für die nun 70-jährige Margarete Schwarz eine Riesenenttäuschung. Denn jetzt gibt es auch in der DDR immer und überall reichlich Eier, Kaninchen, Obst und Gemüse zu kaufen. Also verfüttert sie die Eier – hart gekocht und klein geschnitten – an ihre Hühner. »Aber jetzt legten sie noch mehr Eier.« Folglich schafft sie die Hühner ab und dann auch die Kaninchen. Stattdessen wird sie Zustellerin und freie Mitarbeiterin der *SVZ (Schweriner Volkszeitung)* in Neuhof. Die SVZ widmet ihr zum 75. Geburtstag Text und Foto als »älteste Zustellerin im Kreis Hagenow«, die sechs Mal pro Woche jeden Morgen fünf Kilometer zu den Abonnenten läuft und die Zeitungsstapel im Winter auf einem Schlitten hinter sich herzieht.

Für Carl-Albrecht von Treuenfels bringt die Grenzöffnung ebenfalls eine Riesenenttäuschung: Er bemüht sich um die Rückgabe des enteigneten mecklenburgischen Gutes. Vergeblich. Für ihn als Juristen sind diese Begleiterscheinungen der Wiedervereinigung ein eklatanter Rechtsbruch; »denn die Eigentumsgarantie aus dem Grundgesetz wurde nicht berücksichtigt«. Immerhin: Er kann vom ehemaligen Familienbesitz rund 200 Hektar Wald und Feld von der Treuhand-Nachfolgerin Bodenverwertungs- und -verwaltungs GmbH (BVVG) zurückkaufen.

Auch die Flüchtlinge im »Schloss« kämpfen um »ihr« Gebäude, das ihnen seit mehr als vier Jahrzehnten Heimat ist. Aber die Gemeinde Neuhof schafft es finanziell gerade, den 1868 gebauten Speicher von der Treuhand zu kaufen, zu sanieren und 2001 für die gemeinsame Nutzung mit Feuerwehr und Schützenverein einzuweihen. Der frühere Wohnsitz der Familie von Treuenfels ist inzwischen derart marode, dass eine Sanierung die Mittel der Gemeinde Neuhof hoffnungslos überfordern würde. Ein westdeutscher Investor nimmt sich des Hauses an.

1997 muss Margarete Schwarz Neuhof verlassen. Sie zieht nach Zarrentin, in eine Wohnung im ehemaligen Plattenbau. Im selben Jahr ereignet sich für Carl-Albrecht von Treuenfels »etwas ganz Besonderes unmittelbar vor meiner Haustür. Im Frühling brütete erstmals ein Kranichpaar erfolgreich auf eigenem schleswig-holsteinischen Boden. Dreizehn Jahre hat es gedauert, bis das gemeinsam mit Freunden und mit der Unterstüzung des Amtes für Land- und Wasserwirtschaft wiedervernäßte kleine Moor einem Paar Grauer Kraniche zum Nisten gut genug erschien....« So beschreibt er es in seinem Bildband »Kraniche – Vögel des Glücks«. Nach diesem Erfolg hat er 2008 ein neues Projekt für den Kranichschutz ins Leben gerufen und gemeinsam mit seiner Frau und drei Freunden die »Stiftung Feuchtgebiete« gegründet.

In Neuhof sind die Sanierungsarbeiten am ehemaligen Wohnsitz der Familie von Treuenfels abgeschlossen. Im Erdgeschoss hat sich das Restaurant, Café »Schloss Neuhof« eingerichtet, dann gibt es ein Fitness-Power-Centrum, und »Wohnungen im Schloß Neuhof« werden in Zeitungsanzeigen und im Internet angeboten. »Schloss«, sagt Carl-Albrecht von Treuenfels, »Schloss ist ein DDR-Begriff! Wir nannten es nur Haus oder unser Haus.« Aber das ist auch 65 Jahre her!

## Anmerkungen:

[1] Zu den deutschen Ostgebieten zählten Pommern, Westpreußen, Posen, Ostpreußen und Schlesien. Das zur Tschechoslowakei (CSFR) gehörende Sudetenland mit seinen rund drei Millionen deutschen Einwohnern wurde 1938 durch den Vertrag von München an das Deutsche Reich abgetreten und fiel nach Kriegsende wieder an die CSFR zurück. Die Tschechen vertrieben oder töteten fast alle der sogenannten Sudetendeutschen.

[2] Der World Wide Fund for Nature (WWF) wurde 1961 in der Schweiz gegründet. Er hatte mit Prinz Bernhard der Niederlande als erstem Präsidenten weltweit und Prinz Philip, Herzog von Edinburgh, als britischer Präsident die besten Fürsprecher seiner Zeit und entwickelte sich zur größten privaten Naturschutzorganisation mit mehr als fünf Millionen Förderern. Der WWF will die biologische Vielfalt auf dem Planeten Erde für heute und für die Zukunft erhalten und steht für »Respekt vor Mensch und Natur, Glaubwürdigkeit, Unabhängigkeit und Verantwortung«.

[3] In seinem Bildband »Zauber der Kraniche« hat Carl-Albrecht von Treuenfels den Vögeln des Glücks mit »Kranichsehnsucht« sogar ein Gedicht gewidmet. Es beginnt so:

»Der Kraniche herbstlich spitzer Keil
Schneidet den weiten Himmel grau.
Sie fliegen Kreuzen gleich an dünnem Seil
Hart klingt ihr Ruf und rauh.«

Und so endet es:

»Sie gelten als des Glückes Boten,
als Schicksalskünder, Himmelstier.
Sind sie die Seelen unserer Toten?
Laßt ihnen Raum und Leben hier!«

[4] In der Bibiliothek »Der Unterhaltung Und des Wissens« von L. Brenkendorff findet sich folgende Anekdote über General von Seidlitz: »In der Schlacht bei Zorndorf kommandierte der berühmte preußische General von Seidlitz den linken Flügel der Kavallerie. Nach dem ersten Angriff blieb er stehen, um einen besseren Augenblick abzuwarten. Friedrich II., der sich auf dem rechten Flügel befand, ließ ihm einige Male befehlen, anzugreifen und am Ende hinzufügen: daß er, wenn die Sache nicht gut ausgehe, mit seinem Kopf dafür halten müsse. Der unerschrockene Seidlitz ließ ihm antworten: »Nach der Schlacht steht Seiner Majestät mein Kopf zu Befehl; aber während derselben brauche ich ihn höchst nothwendig.«

[5] Als die Sowjetarmee im Januar 1945 in Ostpreußen zum ersten Mal während des Zweiten Weltkriegs deutschen Boden betrat, entlud sich der ganze Hass auf den Aggressor in unbeschreiblichem Gräuel an der Zivilbevölkerung. Da wurden Deutsche erschossen, entmannt, vergewaltigt, verbrannt, gekreuzigt, verschleppt.

[6] In der Chronik über »Die Geschichte des Dorfes Neuhof« wird aus einer amtlichen Statistik vom 24. Mai 1946 zitiert. Danach zählt die Gemeinde Neuhof-Boissow-Schaliß 435 Einwohner, davon 62 **Flüchtlinge**, die meisten aus Schlesien (24), Ostpreußen (12), dem Warthegau (6) und Pommern (5). Sieben Monate später, am 28. Dezember 1946, werden für Neuhof 233 sogenannte **Umsiedler** gemeldet. Ihre Herkunftsländer erinnern kaum noch an deutsche Provinzen; sie heißen jetzt Polen (81), die Tschechoslowakei (28), Jugoslawien/Bessarabien (105) und Schlesien (19).

Eine Bauzustandskartei Neuhof von 1968 listet die sanitären Einrichtungen der insgesamt 69 Gebäude auf; davon haben:

8 ein Bad mit WC
2 zum Teil ein WC
1 ein WC
4 ein Bad.

[7] Nüchterne Ziviltrauungen wie in Westdeutschland gab und gibt es in Ostdeutschland nicht. Da die standesamtliche Eheschließung in Konkurrenz zur kirchlichen Trauung stand, übernahm sie weitgehend deren festlichen Rahmen. Blumenschmuck, Eingangsgedicht, feierliche Musik von Beethoven oder Tschaikowski und eine »optimistische und zukunftsorientierte Ansprache« – auch über die »Bedeutung der Ehe und Familie in der sozialistischen Gesellschaft unserer Republik« – waren Vorschrift, ebenso das gerahmte Foto des Staatsratsvorsitzenden Erich Honecker an der Wand und die »Glückwünsche auch im Auftrage des Vorsitzenden des örtlichen Rates«. Drei Viertel aller Bräute passten sich dem feierlichen Rahmen an und trugen ein langes weißes Kleid. Daran hat sich bis heute nichts geändert. Zarrentins Standesbeamtin Christa Baum, vor 34 Jahren zu DDR-Zeiten nicht nur vom damaligen »Beauftragten für Personenstandsfragen«, sondern auch kirchlich von Pastor Christian Voß getraut, erzählt: »Auch heute tragen 75 Prozent der Bräute Weiß. Und inzwischen kommen immer mehr Brautpaare aus Hamburg und Berlin, um sich in dem herrlichen Barocksaal unseres Klosters standesamtlich trauen zu lassen.«

## 8. *Peter Drauschke*
## Das vergiftete Paradies

Anfang der 70er Jahre schickte das Ost-Berliner Ministerium für Staatssicherheit (Stasi) jeden Monat eine Maschine der staatseigenen Luftverkehrsgesellschaft Interflug durch die Hauptstädte der sozialistischen Bruderländer. Dieser sogenannte Stasi-Liner sammelte Ostdeutsche ein, die bei Fluchtversuchen über Drittländer wie Rumänien, Bulgarien, Ungarn oder die Tschechoslowakei geschnappt worden waren. Die Maschine, die am Vormittag des 8. Juli 1972 auf dem Flugplatz von Sofia landet, kommt aus Bukarest und hat bereits 40 Passagiere an Bord – je ein Flüchtling mit Handschellen an einen Stasi-Mitarbeiter gekettet. Zu den Verhafteten, die jetzt in der bulgarischen Hauptstadt zusteigen, gehören zwei Männer, die so gar nicht dem »normalen« Republikflüchtling entsprechen: Peter Drauschke und Erwin Brüggen sind Westdeutsche mit DDR-Staatsbürgerschaft. Neun Jahre zuvor, am 13. September 1963, hatten die begeisterten Hamburger Kommunisten in der Deutschen Demokratischen Republik um politisches Asyl gebeten. Denn im Westen war die Kommunistische Partei Deutschlands (KPD) bereits 1956 als verfassungsfeindlich verboten worden.

»Alle jungen Menschen zwischen zwölf und 20 Jahren sind besonders idealistisch und haben ein übergroßes Gerechtigkeitsempfinden, das leider später verloren geht«, sagt Peter Drauschke heute und zitiert den ehemaligen britischen Premierminister Sir Winston Churchill mit dem Satz: »Ein Kommunist mit 20 ist ein Idealist; einer mit 30 Jahren ist ein Idiot!« Drauschke war schon mit 15 Jahren Kommunist.

Er kommt im Februar 1945 in einem Hamburger Arbeiterviertel unter alliierten Bombenangriffen zur Welt. Als Erstgeborener soll er entsprechend der Nazi-Ideologie »die notwendige Stählung für das spätere Leben erhalten«.[1] »Meine Mutter war mir gegenüber kalt und abweisend«, sagt er, »manchmal aber auch übertrieben warmherzig und kuschelig. Sie hatte mir gegenüber ambivalente Gefühle, die sich auch in ihrem Verhalten ausdrückten.« 1948 kehrt der Stiefvater aus Australien heim, »ein Linker, jedoch kein Kommunist, der viele amerikanische Zeitungen las«.

- Peter Drauschke liest mit 12 Jahren das Nachrichtenmagazin »Spiegel«,
- mit 14 Jahren verbringt er drei Sommerwochen in einem thüringischen DDR-Zeltlager für Pioniere und Mitglieder der Freien Deutschen Jugend (FDJ),
- mit 15 Jahren tritt er in die verbotene KPD ein,
- mit 16 macht er ein Jahr unentgeltlich Wahlkampf für die linke Deutsche Friedensunion (DFU), die für Verständigung mit Osteuropa inklusive DDR und Abrüstung in der Bundesrepublik plädiert.

In dieser Zeit lernt er auch einen Mann kennen, der ihm erzählt, er habe in einem DDR-Zuchthaus gesessen – aus politischen Gründen. Drauschke glaubt ihm nicht. »Heute würde ich ihm gern sagen, dass er recht hatte.«

1962, mit 17 Jahren, beginnt er eine Lehre als Einzelhandelskaufmann bei einem bekannten Herrenausstatter in

Hamburgs berühmter Mönckeberstraße. Im Sommer 1963 macht er mit seinem Sandkasten-Freund Erwin Urlaub in der DDR, in einem FDJ-Ferienlager bei Warnemünde. Dort bricht eine Epidemie aus, die Lagerleitung schickt ein Attest an Drauschkes Arbeitgeber, der bestellt die Mutter ein. »Sie als Erziehungsberechtigte sollte mich wegen kommunistischer Umtriebe aus der Lehre nehmen. Und sie hat es getan! Ohne mit mir darüber zu sprechen!« Peter Drauschke wird aus der Lehrlingsrolle der Hamburger Handelskammer gestrichen. Damit ist klar: In Hamburg wird er keine Lehrstelle mehr bekommen. Und der knapp zwei Jahre ältere Freund Erwin, Klempner und Installateur, erhält seinen Einberufungsbefehl zum Dienst an der Waffe in der Bundeswehr. Aber Kommunist Erwin will nicht in der imperialistischen Armee der Bundesrepublik Deutschland (BRD) dienen.

Die beiden Jungen beschließen, in das bessere, weil kommunistische Deutschland zu flüchten. Dort sind sie schon jetzt mit 18 Jahren mündig und nicht erst mit 21 wie in der BRD.

Der Empfang an jenem 13. September 1963 ist ernüchternd. Den beiden wird sofort der bundesdeutsche Personalausweis abgenommen. Sie kommen in ein Auffanglager, bleiben sechs Stunden ohne Essen und Trinken, werden harsch verhört. Die Erklärung für das Vernehmerverhalten: Sie hätten ja auch als imperialistische Spitzel und Spione eingeschleust worden sein können. Aber am Abend dieses ersten Tages haben sie ihren DDR-Identitätsausweis und damit ist ihnen die DDR-Staatsbürgerschaft sicher. »Wir hätten nach zwei Stunden zurückfahren sollen«, sagt Peter Drauschke heute. »Wir sahen vermüllte Straßen, kaputte Regenrinnen und erlebten, wie unfreundlich die Menschen miteinander umgingen. Aber all das wurde uns erklärt als Relikte einer bürgerlichen Gesellschaft, als vorübergehende Erscheinungen auf dem Weg zum Kommunismus, dem Paradies auf Erden. Wir haben es geglaubt.«[2]

Und es geht für ihn ja auch beruflich und politisch voran. Im größten Warenhaus Rostocks kann Peter Drauschke seine Lehre als Einzelhandelskaufmann beenden, gleichzeitig Abitur und in der FDJ Karriere machen. Er wird FDJ-Sekretär für Agitation und Propaganda bei der Bezirksleitung Rostock – der Bezirk reicht von der Insel Rügen bis zur innerdeutschen Grenze bei Lübeck – und arbeitet als »Instrukteur« für die Lehre vom Marxismus-Leninismus mit Jugendlichen in Betrieben und Schulen. Als Polit-Kader in der Betriebsleitung des Rostocker Warenhauses allerdings fühlt er sich mit seinen 21 Jahren etwas deplaziert: »Ich musste den Direktor duzen und von ihm Rechenschaft über wirtschaftliche Normerfüllung und kommunistische Linientreue einfordern.« Nach einem Jahr als Kandidat ist Drauschke 1967 endlich ein vollwertiges Mitglied der Sozialistischen Einheitspartei Deutschlands (SED).

1968, also nur ein Jahr später, bekommt das kommunistische Weltbild des Peter Drauschke erste Risse. In der Tschechoslowakei versuchen Reformer unter Alexander Dubcek, einen »Sozialismus mit menschlichem Antlitz« aufzubauen – dieser sogenannte »Prager Frühling« wird acht Monate später von den Truppen des Warschauer Pakts gewaltsam beendet. Drauschke hatte aus den Schriften von Karl Marx gelernt »Das Kriterium der Wahrheit ist die Praxis«. Und Prag 1968 ist die Praxis. Wo also bleibt die Wahrheit?

Ein Jahr später erlebt Drauschke seine kommunistische Götterdämmerung. Die Berliner Autorin Freya Klier[3] hat das in ihrem Buch »Wir Brüder und Schwestern – Geschichten zur Einheit« im Kapitel »Rückkehr aus dem Paradies« so beschrieben:

*1969 wurde er (Peter Drauschke) zu einer Sonderschulung auf das Schloß Grambow bei Schwerin delegiert, zusammen mit etwa 30 FDJ-Funktionären. Er war der einzige aus dem Westen, und Grambow war der absolute Knackpunkt für ihn. Thema Angriffskriege. Selbstverständlich hatten sie alle den Aggressor – also die NATO – als Angreifer ausgemacht. Durch Kundschafter des Friedens, wie die DDR ihre Spione nannte, hätte man ja bereits herausbekommen, daß der Aggressor einen Angriff beabsichtige – dem nun würde der Warschauer Pakt mit einem Präventivschlag zuvorkommen... Nun spielte das Militär ein paar Szenarien durch, wie der Klassenfeind möglichst schon vor dem großen Überraschungsschlag auszuschalten sei. Bei einem sollten Fallschirmspringer unbemerkt im Hinterland des Feindes abgesetzt werden. Und die Frage an die Kursanten lautete nun: »Wie hat sich diese Eliteeinheit zu verhalten, falls da zufällig eine Schulklasse vorbeikommt und einen der Fallschirmspringer runterkommen sieht?«*

*Der Mecklenburger Funktionärsnachwuchs hatte zwischen Lösungen wie »schnell verschwinden« oder »sich geschickt verstecken« geschwankt. Und diesem weichlichen Herumtapsen hatte der Militär die »einzige richtige« Antwort entgegengesetzt, die da lautete:«Liquidieren – die gesamte Klasse!« D. erinnerte sich der Totenstille, die plötzlich über dem Schulungsraum lag. »Liquidieren? Unschuldige Kinder, die zufällig da entlangliefen?«.... Natürlich hatte der Militär mit solchen Reaktionen gerechnet*

*und den »durchaus unerfreulichen Vorgang« daraufhin ins große Ganze eingeordnet: »Auch wenn es hart ist – und ich habe ja selber Kinder –, die Klasse muß liquidiert werden, um das Ganze nicht zu gefährden! So schwer es jedem von uns fallen mag, aber Sie müssen das Verhältnis Schulklasse – Bewahrung des Friedens im Auge behalten. Und in diesem Verhältnis hat der Frieden nun mal den absoluten Vorrang. Oder etwa nicht?«*
*Dieser Planspiel-Horror im Schloß Grambow, das war der absolute Wendepunkt.*

Der einst so glühende Kommunist, der – wenn er nur gefragt worden wäre – für die Stasi gearbeitet hätte, um dem Sozialismus zum Sieg zu verhelfen, er beginnt zum ersten Mal am Paradies auf Erden zu zweifeln. Zumindest am ostdeutschen. Er will weg, zurück in den Westen und dort mit seinem Freund Erwin in der verbotenen KPD den wahren Kommunismus aufbauen helfen. Aber: Die beiden können ihre neue Heimat nicht legal verlassen. Sie müssen flüchten. Und Republikflucht gilt in der DDR als schweres Verbrechen.

Im Sommer 1970 lernt der 25-jährige FDJ-Sekretär Drauschke die sieben Jahre jüngere Abiturientin Beate kennen und lieben. Er weiht sie in seine Fluchtpläne ein: Seine Schwester in Hamburg wird gefälschte bundesdeutsche Pässe besorgen, mit denen er und Erwin über die bulgarische Hauptstadt Sofia in den Westen ausfliegen können. Beate will mit.

Die Vorbereitungen dauern fast zwei Jahre. Stichtag ist der 17. Juni 1972. Aber im Frühjahr 1972 ist Beate schwanger. Flucht mit einer Hochschwangeren, deren Kind beim Scheitern eventuell zur Zwangsadoption freigegeben wird? Peter und Beate entscheiden sich gegen ihr Kind.

Die Flucht scheitert trotzdem. An Lappalien wie einer sogenannten statistischen Zählkarte, die Drauschke, Erwin und Beate hätten haben müssen, und an der Panik, mit der die drei Ostdeutschen auf diese Panne reagierten.

Die beiden Westdeutschen – Drauschkes Schwester und ihr Freund – werden in Bulgarien wegen Staatsfeindlichen Menschenhandels zu zwei Jahren Haft verurteilt und vier Monate später von der Bundesrepublik freigekauft. Die drei Ostdeutschen fliegen drei Wochen später mit dem Stasi-Liner über Budapest und Prag nach Ost-Berlin. Die Urteile: Peter Drauschke muss wegen Landesverrat und Republikflucht im erschwerten Fall sieben Jahre ins Zuchthaus, sein Freund Erwin sechs Jahre, Beate »als von Drauschke verführt« für ein Jahr.

Noch im Flugzeug waren den Ostdeutschen die Augen verbunden worden. Und so sieht Peter Drauschke erst Jahre später, dass er nur 250 Meter von seiner Rostocker Wohnung entfernt die schlimmste Zeit seines Lebens verbracht hat. Viele seiner ehemaligen Nachbarn wussten damals nicht, dass sie buchstäblich Tür an Tür mit dem berüchtigten Stasi-Knast gelebt hatten.

Für Drauschke war die kommunistische Partei »immer eine Art Ersatzmutter gewesen, die Nestwärme und Fürsorglichkeit verbreitet. Ich hatte gehofft, jetzt würde sie wie ein gütiger Vater handeln und Gnade vor Recht ergehen lassen.« Die Partei und die Stasi-Leute denken nicht daran.

Das erste Verhör dauert 16 Stunden. Acht Vernehmer wechseln sich ab. Peter Drauschke hockt auf einem Stuhl, dem die abgesägte Rückenlehne die Stabilität genommen hat.

Als er merkt, wie das Blut in seinen Beinen stockt, bittet er, kurz aufstehen zu dürfen. Die barsche Antwort lautet: »Nee, dürf'n Se nich!« Und dabei räkelt sich sein Gegenüber genüsslich in seinem Polstersessel. Drauschke kommt vier Monate in Einzelhaft, in eine Zelle ohne Licht, lediglich mit Holzpritsche und Blechkübel ausgestattet; vier Wochen hat er überhaupt keinen Kontakt zu irgendeinem Menschen, sieht nur regelmäßig das anonyme Wärterauge beim Öffnen des Gucklochs in der Zellentür. Er hat dieser Folter nichts entgegenzusetzen, keine immunisierenden Kräfte wie beispielsweise den christlichen Glauben, der einen seiner Freunde die DDR-Haft relativ unbeschadet überstehen ließ. Er ist – immer noch – Kommunist. Und er zermartert sein Hirn, warum Kommunisten ihre eigenen Genossen so gottserbärmlich schlecht behandeln, viel schlimmer als die Nazi-Vernehmer einst den Kommunisten Ernst Thälmann[4] während seiner Haft im Zuchthaus Hannover. Und eines Tages findet sich Peter Drauschke heulend auf dem Zellenboden liegend wieder: »Ich flehte erst meine Mutter und dann Gott an. Und ich war irgendwie getröstet.«

Wie alle kommunistischen Staatswesen hatte auch die DDR stets behauptet, sie habe keine politischen Gefangenen. In den 70er Jahren bietet Westdeutschland an, politische Häftlinge wie beispielsweise Republikflüchtlinge aus Stasi-Zuchthäusern freizukaufen. Und die DDR braucht Devisen. Also amnestiert sie anläßlich der Wiederkehr ihrer Staatsgründung am 7. Oktober 1949 nun auch Politische. Am 30.Oktober 1975 wird Peter Drauschke nach dreieinhalb Jahren vorzeitig aus der Stasi-Haftanstalt Rostock entlassen. Er muss eine Schweigeverpflichtung unterschreiben: Wenn er auch nur ein Wort über seine Haftzeit verliert, wird er »strafrechtlich zur

Verantwortung gezogen«. Bis zum Mauerfall am 9.November 1989 hat er sich strikt an dieses Papier gehalten. Und selbst heute noch, mehr als 20 Jahre später, beschleicht ihn bei Vorträgen über seine Vergangenheit beispielsweise für die Staatspolitische Gesellschaft in Hamburg oder vor Studenten in Mailand ab und an Beklommenheit, sprich Angst vor der immer noch allgegenwärtigen Rache der Stasi.

Bei seiner Entlassung hatten ihm die Stasi-Leute gesagt: »Es gibt für Sie einen Weg in die BRD, aber nur über uns und ohne Beate!« Er trifft seine Freundin manchmal »konspirativ« im Bad Doberaner Münster.

Jetzt muss der ehemalige FDJ-Sekretär in Rostock als Möbelpacker arbeiten. Er lernt, «bei guter Verteilung kann ein Mann drei Zentner auf dem Rücken bis in den sechsten Stock schleppen, dem Rücken schadet es nicht, aber den Knien.« Er hat bis heute zwei Meniskusoperationen hinter sich, geht manchmal schwerfällig und unbeholfen. Möbelpacker trinken abends gern. Peter Drauschke ist dabei. Als er eines Abends angetrunken gegen den Scheißstaat DDR pöbelt, nimmt ihn die Kellnerin Marita beiseite, verlässt mit ihm das Lokal. In der nächsten Kneipe wettert er wieder gegen das Regime. Schließlich bringt sie ihn zu sich nach Haus. Sie hat ihn vermutlich vor einer neuen Verurteilung bewahrt. Ein drei Viertel Jahr leben sie zusammen. Er liebt sie. Sie und ihre Tochter Vanessa lieben ihn. Dann bekommt er im Oktober 1976 von der Stasi ein Schreiben, in 14 Tagen dürfe er in die BRD ausreisen. Er hört sofort auf zu arbeiten, hat aber nicht den Mut, Marita über die bevorstehende Trennung zu informieren. Denn ihre Liebe hat keine Chance. Er als ausgebürgerter Verbrecher darf nie wieder in die DDR einreisen; sie kann vor dem Rentenalter in 40 Jahren nicht in die BRD ausreisen.

Dann hört er von Kollegen, sie habe im Möbelhaus nach ihm gesucht und von Nachbarn, sie habe weinend nach ihm gefragt. Sie verbringen zusammen die letzten drei Tage bis zu seiner Abreise. An jenem Tag nehmen auf dem Ost-Berliner Bahnhof außer Marita mit Tochter Vanessa auch Kollegen von ihm und Erwin Abschied. Als sich ihr Interzonenzug in Richtung Westen in Bewegung setzt, fährt auch Maritas Zug nach Rostock an, tausend Meter bleiben beide Züge auf parallelen Geleisen. Peter Drauschke fällt »vor Schmerz zu Boden«.

In Hamburg bleibt der DDR-Rückkehrer ein Viertel Jahr arbeitslos, dann beginnt er als Substitut im Lebensmittelhandel, wird Marktleiter, studiert Volkswirtschaft und arbeitet ab 1983 bis zu seiner Pensionierung 2009 als Leiter der Informations- und Presseabteilung beim Amt für Jugend in der Behörde für Schule, Jugend und Berufsbildung. So wie er einst als FDJ-Funktionär vor Schülern und Studenten vom Kommunismus schwärmte, so warnt er heute in Vorträgen und auf Reisen zu Grenzmuseen und in Stasi-Haft- und Gedenkanstalten vor dem vergifteten Paradies. Sein Credo: »Ich muss kein Kommunist sein, um mich für Gerechtigkeit und Frieden einzusetzen.« Der Partei gehe es ausschließlich um den Machterhalt; einen demokratischen oder humanen Sozialismus oder Kommunismus gebe es nicht. »Sozialismus ist der Weg zum Kommunismus, und der führt nur über ein diktatorisches Ein-Parteien-System zum Ziel und nicht über demokratische Wahlen.«

Mitte der 80er Jahre holt ihn die Vergangenheit in Form einer schweren Depression ein. Er braucht und holt sich Hilfe in mehreren Therapien. Freund Erwin glaubt, die bösen Geister der DDR-Vergangenheit allein bewältigen zu können. Er schafft es nicht. Sein dritter Selbstmordversuch gelingt.

Schon 1990 hat Peter Drauschke von der Stasi-Unterlagen-Behörde seine Akten angefordert. 1996 bekommt er sie: 2 500 Seiten, beginnend 1970, als er zum ersten Mal an Flucht dachte. Die Klarnamen der Spitzel wollte er nicht wissen, aus Angst, ein enger Freund könne darunter sein. Heute, im Jahr 2010 fühle er sich stark genug für die Wahrheit, sagt er. Oder doch nicht?

Auf Drauschkes Fernsehgerät steht das schwarz-weiß-Foto einer schönen jungen Frau mit langen blonden Haaren. Marita. Bis 1980 hat er mit ihr korrespondiert, Mitte der 80er Jahre zwei Mal ihre Tochter Vanessa in Budapest getroffen. Sie erzählte, ihre Mutter fange jedesmal an zu weinen, wenn sie eine Nachricht aus Hamburg höre oder lese. Aber Drauschke weiß auch, dass Marita ein Kind von einem anderen Mann hat. Und in letzter Zeit ist ein Paket an sie ungeöffnet zurückgekommen. Mit westdeutschen Frauen kommt er nicht zurecht. »Die ostdeutschen Frauen sind unkomplizierter, auch beim Sex«, sagt er. »Die westdeutschen Frauen fragen mir zu schnell nach Stand, Einkommen und Automarke.« Er hat noch Maritas Telefonnummer. Soll er sie anrufen? Die Stasi-Vernehmer haben zu ihm gesagt: »Wir werden Ihnen ein Ding verpassen, daß Sie bis an ihr Lebensende an uns denken...« Sie haben recht behalten. Das Gift des Misstrauens, der Denunziation und Bespitzelung wirkt immer noch. Peter Drauschke unsicher: «Und wenn Marita ein Stasi-Spitzel war...?« Dann weint er.

## Anmerkungen:

¹⁾ Der vollständige Satz heißt: »Er (der Staat) hat seine Erziehungsarbeit so einzuteilen, daß die jungen Körper schon in ihrer frühesten Kindheit zweckentsprechend behandelt werden und die notwendige Stählung für das spätere Leben erhalten«. Er stammt aus dem Buch »Mein Kampf« von Adolf Hitler. Die Autorin Sigrid Chamberlain beginnt mit diesem Zitat ihre Publikation »Adolf Hitler, die deutsche Mutter und ihr erstes Kind – Über zwei NS-Erziehungsbücher«. Sie weist nach, dass »eine nationalsozialistische Erziehung immer auch eine Erziehung zur Bindungsunfähigkeit ist« und geradezu zwingend zum Eintauchen in die Masse oder ins Kollektiv führt.

²⁾ In seiner Analyse »Endspiel – Die Revolution von 1989 in der DDR« heißt es dazu bei Autor Ilko-Sascha Kowalczuk: »Die SED (*Sozialistische Einheitspartei Deutschlands*) war keine Partei, sondern eine Glaubensgemeinschaft. Ihre Mitglieder einte der Glauben an eine arkadische Zukunft, in der alle Menschen gleich seien. Sie glaubten, die Geschichte kenne einen Endpunkt, den sie Kommunismus nannten, und in dem alle nach ihren Bedürfnissen frei von jeglichem Egoismus für die Gemeinschaft wirken würden.« Aber: »Die SED stellte auch eine Gemeinschaft Verzweifelter dar. Die Parteidisziplin verlangte, einen Beschluss, eine Direktive, eine Argumentation auch dann zu vertreten, wenn das eigene Wissen, die eigene Erfahrung, die eigene Lebenswirklichkeit diesen entgegenstanden«. Deshalb war die »SED die Partei der organisierten Lüge«.

³⁾ Freya Klier, 1950 in Dresden geboren, arbeitete als Schauspielerin und Regisseurin an verschiedenen DDR-Theatern und bekam 1984 den Regiepreis. Nur ein Jahr später erhielt sie wegen ihres Engagements in der kirchlichen Oppositionsbewegung und als Mitbegründerin der DDR-Friedensbewegung Berufsverbot, 1988 folgten Verhaftung und Zwangsausbürgerung. Seitdem lebt Freya Klier als Autorin, Dokumentarfilmerin und Regisseurin in Berlin.

⁴⁾ Ernst Thälmann, 1886 in Hamburg geboren, Hafen- und Transportarbeiter, war einer der führenden Kommunisten Deutschlands, ab 1919 Mitglied der Hamburger Bürgerschaft und ab 1924 Mitglied des Deutschen Reichstags. Nach seiner Verhaftung 1933 in Hannover verbrachte er elf Jahre in verschiedenen Konzentrationslagern (KZ), meist in Einzelhaft, und starb 1944 im KZ Buchenwald.

## 9. *Martin Rohrbeck*
# Der Dreh vor der Haustür

»Als Filmemacher muss ich nicht in Hamburg oder Berlin leben«, sagt Martin Rohrbeck. »Filmleute reisen sowieso immer von Drehort zu Drehort, da ist es fast egal, wo sie wohnen.« Rohrbeck ist freiberuflicher Produktionsleiter[1] und 1994 mit seiner Familie von Hamburg in das winzige mecklenburgische Rögnitz bei Zarrentin am Schaalsee gezogen – in die ehemalige DDR *(Deutsche Demokratische Republik)*. Zwölf Jahre später erwies sich die dörfliche Idylle als praktischer Drehort vor der Haustür: Detlev Buck, gelernter Landwirt aus Nienwohld bei Bargteheide und vielfach ausgezeichneter Regisseur, verfilmte hier Cornelia Funkes Kinderbuch »Hände weg von Mississippi«, und Martin Rohrbeck war sein Produktionschef.

Die Zusammenarbeit und inzwischen enge Freundschaft zwischen den beiden Landmenschen datiert aus dem Jahr 1990. Zu diesem Zeitpunkt hatte sich Martin Rohrbeck in der Branche schon als Produktionsleiter etabliert. 1956 als Sohn eines Schneidermeisters und Berufsberaters mit dem Nachnamen Schulz[2] in Hamburg-Rahlstedt geboren, absolvierte er eine Ausbildung als Verlagskaufmann im Axel Springer Konzern sowie ein Studium an der Hamburger Hochschule für Wirtschaft und Politik. Als Diplom-Sozialwirt wollte er nun »irgendetwas mit Medien machen«. Den Grundstein dazu hatte 1979 das erste Hamburger Fest der Filmemacher gelegt. »Vor dieser Zeit war München die Stadt der deutschen Autorenfilmer von Rainer Werner Faßbinder über Reinhard Hauff bis zu Werner Herzog«, erzählt Rohrbeck. »Aber dann verkrachten sich die Filmleute mit der bayerischen CSU *(Christlich Soziale Union)*. Der damalige Erste Bürgermeister Hans-Ulrich Klose lud die Filmemacher daraufhin nach Hamburg ein. Sie kamen, und die Hansestadt hatte ihr erstes Filmfest.« Martin Rohrbeck stand als Student im letzten Semester als Gästebetreuer am Counter und lernte all die berühmt-berüchtigten Regisseure kennen. »Nach diesem Filmfest wusste ich, dass ich als Verlagskaufmann und Sozialwirt gute Voraussetzungen für die Organisation im Filmgeschäft mitbrachte.« Zwei Jahre war er Geschäftsführer der Arbeitsgemeinschaft Dokumentarfilm im Hamburger Filmbüro, »zu einem Hungerlohn, aber ich knüpfte viele Kontakte«. So arbeitete er als Aufnahmeleiter am Set mit Regisseur Erwin Keusch in dem Film »Ein Mann fürs Leben« mit Manfred Krug und Hannelore Hoger. Den Durchbruch als Produktionsleiter schaffte er 1987 »bei meinem Ziehvater Hark Bohm«, dem Regisseur der deutsch-türkischen Liebesgeschichte »Jasimin«.

Und dann kam eines Tages in das kleine Büro von Martin Rohrbeck im Hamburger Filmbüro »ein Jungbauer und gab mir ein Script mit dem Titel ‚Erst die Arbeit und dann...'. Der Text war auf dünnes Durchschlagspapier geschrieben, und die alte Schreibmaschine hatte unter dem harten Anschlag der Männerfinger jedes kleine o herausgestanzt. Dieser Mann war Detlev Buck und anscheinend hochbegabt. Ich reichte ihn weiter an den Regisseur Rolf Schübel, der im Vorstand des Filmbüros saß.« Die Komödie wurde verfilmt. Sie zeigt Buck bei seiner Arbeit als Bauer, und anschließend fährt er in die große Stadt... »Da bekam das Hamburger Schicki-Micki-Publikum den Spiegel vorgehalten und amüsierte sich köstlich«, erzählt Rohrbeck. Der Film lief zwei Jahre im Hamburger Programmkino Abaton, und Bauer Buck studierte drei Jahre an der Deutschen Film- und Fernsehakademie Berlin Regie. Diese Starthilfe hat Detlev Buck nicht vergessen. Im Vorwort für Martin Rohrbecks Buch »**Wie** wird man **was** beim **Film**« schreibt er: »Als Detlev Buck und Claus Boje für ihr erstes gemeinsames Filmprojekt ‚Karniggels' einen Produktionsleiter suchen, treffen sie auf viele »Auskenner«... Und dann treffen sie auf Martin Rohrbeck, und der antwortet als Erster auf Fragen konkret. Man arbeitet zusammen und hat es nie bereut.« Seit »Karniggels« 1991 hat Rohrbeck als Herstellungs- oder Produktionsleiter sieben Filme[3] mit Regisseur Buck gemacht – 2006 eben auch »Hände weg von Mississippi« und zuletzt 2009 »Same Same But Different« mit David Kross in der Hauptrolle.

Aber dazwischen liegt ganz viel private Biografie. Martin Rohrbeck dreht 1986 als Produktionsleiter für die Fernsehabteilung des Hessischen Rundfunks eine Dokumentation über die »Geschichte der Frauenbewegung«. Sein größtes Kostenproblem: Wie lassen sich historische Begebenheiten aus dem filmlosen 19. und frühen 20. Jahrhundert illustrieren? Ihm wird eine Berliner Theatermalerin empfohlen – die 25-jährige Ute Rohrbeck. Er engagiert sie für sogenannte Hintersetzer, und sie malt Geschichte in Bildern auf die Kulissen. In einer Szene springt der Produktionsleiter als Statist ein und spielt einen uniformierten Nationalgardisten des 19. Jahrhunderts, der einer Gruppe demonstrierender Suffragetten den Zugang zur Nationalversammlung verwehrt. Die Theatermalerin hatte sich vorher bei einer Wahrsagerin nach ihrer Zukunft erkundigt und erfahren, sie werde einen Mann in Uniform kennenlernen...

1990 heiraten Ute und Martin Rohrbeck. »Sie war eine richtige Berliner Stadtgöre«, sagt er, »und hatte mit Landleben nicht viel im Sinn.« Sie wohnen in Hamburg. 1991 wird Tochter Lale geboren, 1994 Sohn Elias, und die Eltern stellen fest, dass kulturelle Teilhabe in der Großstadt mit kleinen Kindern schwierig ist. Er fährt seit dem Mauerfall 1989 auf Motivsuche viel durch die Ex-DDR, möchte im »Land der ungeahnten Möglichkeiten« ein Haus fürs Wochenende und Alter kaufen. Schließlich finden sie im Dorf Rögnitz ein ehemaliges Gutsgebäude. Sie zieht so bald als möglich mit Kindern und Luftmatratze ein, er fragt sich, was er noch allein in der Hamburger Stadtwohnung soll. Seit August 1994 wohnt Familie Rohrbeck in Rögnitz.

»Eigentlich« erzählt sie, »wollten wir aufs Land, um mehr Ruhe zu haben.[4] Aber dann schlug mein Mann vor, ich könnte doch Ziegenkäse machen, weil wir den so gern essen.« Jetzt gibt es seit zehn Jahren in Rögnitz unter dem Namen »Kunst und Käse« eine Käserei mit Hofladen, der auch viel Selbstgemachtes aus der Region von Quittengelee bis Sanddornlikör anbietet und in der Saison zweieinhalb Arbeitsplätze schafft. Ihre mehr als 20 Sorten Rohmilch-Ziegenkäse verkauft Ute Rohrbeck zwischen April und November an jedem ersten Sonntag des Monats auf dem Schaalsee-Markt in Zarrentin. Daneben betreibt sie einen der sieben Arche-Höfe in der Region und züchtet als Mitglied der Gesellschaft zur Erhaltung alter Haustierrassen Thüringer Waldziegen, Tadschikenziegen und Waliser Schwarzhalsziegen. Außerdem sitzt sie seit 2003 als Mitglied einer überparteilichen Wählergemeinschaft im siebenköpfigen Rögnitzer Gemeinderat. Und seit Sommer 2010 hat Ute Rohrbeck an den Wochenenden eine Kunstscheune in Rögnitz geöffnet und serviert Getränke und selber gebackenen Kuchen.

Ihr Mann übernimmt 2006 die Produktionsleitung in Detlev Bucks Kinderfilm für Erwachsene »Hände weg von Mississippi«. »Das Projekt sollte so eine Art Reminiszenz an Astrid Lindgrens Bullerbü-Bücher und die Bullerbü-Filme von Lasse Hallström werden«, erzählt Martin Rohrbeck, »also mit einem idealisierten Natur- und Dorfbild samt Strohdächern und Steinmauern, wie es viele Erwachsene aus ihrer Kindheit noch im Gedächtnis haben. Andererseits sollte der Film aber den Boden der Realität und Gegenwart nicht verlassen.« Was bot sich da als Ort der Handlung besser an als die neue Heimat der Rohrbecks – der Dreh vor der Haustür sozusagen.

Filmen geht heute nicht mehr ohne finanzielle Förderung. In seinem Buch schreibt Martin Rohrbeck: »Das europäische Kino ist ein Subventionsfall. Es kann, nicht anders als das Theater und die Oper, auf absehbare Zeit nicht ohne staatliche Förderung überleben. Die zweite Säule bilden die Beteiligungen von Fernsehsendern.« Der Film »Mississippi« baute auf beiden Säulen: Das ZDF *(Zweite Deutsche Fernsehen)* wollte einen Kinderfilm haben, Berlin-Brandenburg bot viel Geld für die Produktion, weil es sich Tourismus-Werbung für sein Bundesland versprach, halbierte dann aber die Summe, weil, so Martin Rohrbeck, »wir uns doch für Mecklenburg-Vorpommern entschieden.« Denn die wichtigsten Drehorte lagen buchstäblich um die Ecke: in Neuenkirchen, Karft, Lassahn, Roggendorf, Kittlitz oder Klein Salitz[5]). Viele der Filmleute konnte der Produktionsleiter bei Freunden unterbringen, die Schauspielerin Katharina Thalbach wohnte im Gartenhäuschen der Rohrbecks. Hamburgs berühmteste Volksschauspielerin Heidi Kabel, die am 15. Juni 2010 starb und mit einer Trauerfeier im Hamburger Michel geehrt wurde, hatte in »Mississippi« ihren letzten Auftritt.

# DISPOSITION für Freitag, den 07.07.2006 — 1. Drehtag

| | | Arbeitsbeginn | Am SET |
|---|---|---|---|
| **Motiv 1:**<br>Erdbeerfeld/ Maisfeld<br>Feldweg/ Kittlitz<br><br>**Motiv 2:**<br>Weizenfeld<br>Kurve hinter Ortsausgang<br>Lassahn<br><br>**Motiv 3:**<br>Hosenträgerweg<br>Nach Ortsausfahrt Rögnitz<br>geradeaus | Hallo liebes Team,<br><br>Herzlich willkommen in MeckPomm, wir freuen uns auf eine schöne Zeit mit Euch. Wir wünschen allen einen guten Start in den Dreh und hoffen, Ihr fühlt Euch hier auf dem Land wohl.<br><br>**Bitte bringt zum Freitag Regensachen mit, da die Vorhersage goldiger sein könnte, wir aber auf jeden Fall auch bei Regen drehen werden.** | Regie:<br>Kamera:<br>Kameraass.:<br>Ton:<br>Licht:<br>Grip:<br>Maske:<br>Garderobe:<br>Ausstattung:<br>Aufnahmeltg.:<br>Catering: | 12:30<br>11:45<br>11:45<br>12:45<br>12:30<br>10:00<br>12:15<br>12:30<br>e.D.<br>10:00<br>10:00 |

| Sonnenaufgang | 05:03 | **Wetter:** vormittags noch heiter, ab mittags Einzug eines Gewiittergebietes mit 50% Gewitterwahr-scheinlichkeit **weitere Aussichten:** ab Samstag Durchzug eines Zwischenhochs, Schauer klingen ab<br>**Catering:** 45 Team | **Probe** | 13:30 |
|---|---|---|---|---|
| Sonnenuntergang | 21:42 | | **Drehbeginn** | 13:45 |
| | | | **Pause** | 17:30 |

## DREHFOLGE

| Bild<br>Vorstopp | A/I<br>T/N | Spiel-<br>tag | Motiv<br>Synopsis | Rollen | Sonstiges |
|---|---|---|---|---|---|
| 70 | A<br>T | 4 | Erdbeerfeld<br>*Freunde spekulieren über Einbruch,*<br>*Polizist Otto kommt vorbei* | 1, 3, 4, 24 | Technik: Pegasus Kran<br>Komp.: kleine Schwester<br>SFX: Regen<br>13:30 – 16:30 |
| T 27 A | A<br>T | 3 | Maisfeld<br>*Emma rennt über Wiese zu Dolly* | 1 | Technik: Camcar, Steadycam<br>16:30 – 17:30 |
| | | | Pause an Motiv 1 17:30 – 18:00 | | |
| | | | M O T I V U M Z U G   18:00 – 18:30   kleines Besteck | | |
| T 27 A | A<br>T | 3 | Maisfeld<br>*Emma rennt über Wiese zu Dolly* | 1 | Technik: Steadycam<br>18:30 – 19:15 |
| | | | M O T I V U M Z U G   19:15 – 19:30   kleines Besteck | | |
| T 61 | A<br>T | 2 | Hosenträgerweg/ Rögnitz<br>*Dolly und Emma auf dem Rad, Dolly*<br>*erzählt von Testamentseröffnung* | 1, 2 | Camcar<br>19:30 – 20:45 |

| Rolle | Darsteller | Abholung/An SET | Garderobe/Maske | Drehfertig |
|---|---|---|---|---|
| Emma | Zoe Mannhardt | 12:30/ 13:00 | 13:00/ 13:15 | 13:30 |
| Dolly | Kathi Thalbach | 12:30 aus Berlin | 17:30/ 18:00 | 19:15 |
| Max | Karl Alexander Seidel | 12:15/ 12:45 | 13:15/ 12:45 | 13:30 |
| Leo | Konstantin Kaucher | 12:15/ 12:45 | 12:45/ 13:15 | 13:30 |
| Dorfpolizist | Detlev Buck | via Drago | 13:15/ 12:35 | 13:30 |

### KOMPARSERIE

| Rolle | Über | am Set | Maske/Garderobe | Drehfertig |
|---|---|---|---|---|
| Kleine Schwester | Schwester Konstantin | 12:45 | Nach Ansage | 13:30 |

### FAHRDISPOSITION

**Lutz Rohrbeck** 0179 – 398 79 19

| Abfahrt | Von | Mit | Nach | Ankunft |
|---|---|---|---|---|
| 12:30 | Rögnitz | Zoe, Jasmin | Kittlitz | 13:00 |
| 14:00 | Rögnitz | Filmmaterial/ Käse | Fuji Hamburg/ Hbf HH | Bis 17:00/ 18:30 |
| | | Weitere Fahrten nach Ansagen AL | | |

**Ben Weidner** 0170 – 906 71 88

| Abfahrt | Von | Mit | Nach | Ankunft |
|---|---|---|---|---|
| 12:30 | Berlin | Kathi Thalbach | Rögnitz zur Kostümprobe | 15:00 |
| | | Weitere Fahrten nach Ansagen AL | | |

Das halbe Dorf Rögnitz machte als Komparsen oder Kleindarsteller mit; und zu den Bauleuten gehörten wieder zwei echte Künstler aus der Region, die Rohrbeck bereits 2003 für den Kinofilm »NVA« *(Nationale Volksarmee)* engagiert hatte: der Maler Matthias Bargholz aus Neuenkirchen und Michael Timmermann aus Roggendorf, der aus Metall und Holz Kunstwerke macht.

Um welche finanziellen Dimensionen es sich im Filmgeschäft handelt, hat Detlev Buck im Vorwort zu Martin Rohrbecks Buch so beschrieben: » Das Budget von *Karniggels* hat funktioniert, wir konnten sogar Geld an die Förderung zurückgeben. Bei *Wir können auch anders* ging es dann nicht mehr, von 2,6 Millionen DM waren nur 28,60 DM übrig. Die haben wir vertrunken. Mit Rohrbeck.«

Nach jetzt 16 Jahren Landleben – und mit einer kleinen Stadtwohnung in Berlin – gibt es für Martin Rohrbeck mehr Unterschiede zwischen Stadt und Land als zwischen Deutschland-Ost und Deutschland-West. »Die Natur und die Freiheit auf dem Land sind überwältigend, und die Menschen gehen ehrlicher miteinander um.« Folglich hat er inzwischen mehr Freunde in der ehemaligen DDR als im Westen. »Allerdings fehlt mir die Aufarbeitung der DDR-Vergangenheit, vor allem für die Schüler.« Für seine Tochter auf einem mecklenburgischen Gymnasium zum Beispiel endete der Geschichtsunterricht mit der Kapitulation des sogenannten Großdeutschen Reiches am 8. Mai 1945. Kein Wort über die Sowjetische Besatzungszone (SBZ) und die Gründung der DDR, kein Wort über das Ministerium für Staatssicherheit, kurz Stasi, und zum Mauerbau. »Es scheint, als brauchten die Menschen mindestens zwei Jahrzehnte Abstand, um über ihr Leben in einer Diktatur reden zu können. Das war in Westdeutschland nach 1945 ähnlich, erst die 68er Studentenbewegung zwang zur öffentlichen Diskussion des Tabuthemas Hitler und das ‚Dritte Reich'«, sagt Martin Rohrbeck.

Langeweile hat er übrigens auch im Winter nicht. Für den Kinofilm »Same Same But Different« war er als Herstellungs- und Produktionsleiter mit seiner Frau im November 2008 nach Kambodscha geflogen. Silvester feierte das Ehepaar noch gemeinsam in Phnom Penh, dann reiste er ab, um Dreharbeiten in Hamburg vorzubereiten. Sie musste noch bleiben. Die Kostümabteilung der Filmcrew hatte einen personellen Engpass und Ute Rohrbeck als Garderobiere engagiert – ganz schnell und schlicht vorbei am Produktionsleiter Martin Rohrbeck.

### Anmerkungen:

[1] In seinem Buch »**Wie** wird man **was** beim **Film** – Berufsbilder – Abläufe – Praxisbeispiele« beschreibt Martin Rohrbeck die wichtigsten Aufgaben eines Produktionsleiters so: Er übernimmt die kaufmännisch-organisatorische Leitung der Dreharbeiten inklusive einer etwa achtwöchigen Vorbereitung und zwei bis drei Wochen anschließender Abwicklung; dabei muss er beispielsweise

- alle Gagen- und Vertragsverhandlungen mit sämtlichen Darstellern und Teammitgliedern führen und die Verträge ausarbeiten,
- Kosten und Dreharbeiten planen und kontrollieren, die gesamte Technik anmieten von der Kameraausrüstung bis zum Licht- und Bühnen-

equipment und dazu Fahrzeuge, die für den Transport von Mensch und Technik gebraucht werden,
- Drehgenehmigungen einholen, Unterkünfte sowie Verpflegung über Catering-Unternehmen organisieren und während der gesamten Drehzeit in ständigem Dialog mit Produzent, Regie, Kamera, Szenenbild, Maske/Kostüm und Technik bleiben.

[2] Martin Schulz nahm bei seiner Heirat mit Ute Rohrbeck 1990 ihren Nachnamen an, weil er Doppelnamen hasste und Paare sich damals nach der Hochzeit noch für einen der beiden Nachnamen entscheiden mussten.

[3] Regisseur Detlev Buck hat bisher mit Martin Rohrbeck als Produktions- oder Herstellungsleiter die folgenden sieben Filme gedreht:

- Karniggels
- Wir können auch anders
- Männerpension
- Liebe Deine Nächste
- Liebesluder
- Hände weg von Mississippi
- Same Same but Different

Der achte gemeinsame Film »Die Vermessung der Welt« nach dem Bestseller von Daniel Kehlmann ist für 2011 geplant.

[4] Dieser Satz »Eigentlich wollten wir aufs Land, um mehr Ruhe zu haben« ist auch die Überschrift des Kapitels über Ute Rohrbeck in dem Buch »Meine Landpartie – Heike Götz trifft inspirierende Menschen«, das der Norddeutsche Rundfunk Hamburg 2007 auf der Basis seiner Landpartie-Sendereihe mit Heike Götz herausgab.

[5] In »Missis's Geheimnisse oder Wie entsteht ein Kinofilm?« hat Heike Grellmann zusammen mit Martin Rohrbeck die Entstehung des Films kindgerecht und mit vielen Fotos aus Sicht des Pferdes Mississippi beschrieben und ausführlich erklärt, wie beispielsweise aus der Elfenschule von Ines Bargholz in Neuenkirchen die Film-Bäckerei geworden ist.

## 10. *Eckhard Hellmich*
# Tausend fremde Babys

Die Prägung aus seiner Jugendzeit in der Deutschen Demokratischen Republik (DDR) wirkt auch noch 63 Jahre später. »Unsere Familie wurde 1947 aus Pommern nach Erfurt in Thüringen umgesiedelt«, erzählt der Fotograf, Journalist und Frauenarzt Eckhard Hellmich, damals sieben Jahre alt. Als Umsiedler galten in der DDR alle Deutschen, die während des Zweiten Weltkriegs aus Schlesien, Pommern, Sachsen, Brandenburg sowie Ost- und Westpreußen vor der anrückenden sowjetischen Armee geflüchtet oder nach Kriegsende von den Russen und Polen[1] vertrieben worden waren. Denn Russland und Polen gehörten nun zu den sozialistischen Bruderstaaten der DDR. Und Gewalttaten von Brüdern waren ein Tabuthema.

Als Eckhard Hellmich Ende 1940 im pommerschen Dorf Lauenburg, heute polnisch Lebork, geboren wird, baut sein Vater als Regierungsbauinspektor in der lettischen Hauptstadt Riga Offiziersunterkünfte für die anrückende deutsche Armee. Sie hatte auf Befehl von Reichskanzler Adolf Hitler mit dem Überfall auf Polen am 1. September 1939 den Zweiten Weltkrieg angezettelt und ist jetzt auf dem Eroberungsmarsch gen Osten. Nach der Katastrophe von Stalingrad und der Kapitulation der 6. Armee unter Generalfeldmarschall Paulus Anfang 1943 werden aus den Eroberern Gejagte und Geschlagene. Als sich die sowjetische Kriegswalze Pommern nähert, holt der Goßvater, ein Müller und Landwirt, die vaterlose Familie zu sich in das westlicher gelegene Alt Kuddezow: die schwangere Mutter mit der achtjährigen Tochter Karin und dem vierjährigen Eckhard. Die Fürsorge hilft nicht lange. »Es war grauenvoll«, erinnert sich Hellmich. »Die Russen erschossen einen 13-Jährigen, nur weil er eine Jacke aus Militärstoff trug. Ich sah, wie der Junge in den Sarg gelegt und beerdigt wurde.« Die Frauen des Dorfes versteckten sich vor den Sowjetsoldaten in den Waldhütten der Forstarbeiter. Vergeblich.

*Fast 50 Jahre später – Eckhard Hellmich ist inzwischen Frauenarzt – berichtet ihm seine Mutter beim Eisessen in einem Frankfurter Café plötzlich sehr detailliert von ihrer Vergewaltigung durch die Russen. Der Sohn ist erstarrt vor Schock. Kann er die Einzelheiten heute wiedergeben? Nein. Hat er der Mutter irgendetwas sagen, sie vielleicht trösten können? Nein. Er wollte ihren Schmerz nicht durch Nachfragen vertiefen!*

Die Soldaten haben die Pferde und Kühe aus Alt Kuddezow fortgetrieben. Eine kommt zurück. »Wir alle lebten von dieser einen Kuh«, erzählt Hellmich. »Aber es brauchte 20 Jahre, ehe ich wieder Quark essen konnte.« Kaum waren die Russen abgezogen, tauchten von den Sowjets vertriebene Ostpolen auf und quartierten sich im Haus des Großvaters ein. Die Hellmichs – inzwischen kam 1945 der zweite Sohn Burghard zur Welt – mussten zusammenrücken und in die obere Etage ziehen.

Bau-Ingenieur Gerhard Hellmich war in Riga in russische Gefangenschaft geraten und 1947 schwer krank nach Schwerin in der Sowjetischen Besatzungszone (SBZ) entlassen worden. »Er zog mit einem Zahnarzt durch die Stadt, immer auf der Suche nach etwas Essbarem. Er hat noch erfahren, dass ihm ein zweiter Sohn geboren wurde, bevor er an Entkräftung starb«, erzählt der Erstgeborene. Er hat seinen Vater nur zwei Mal gesehen und sehnt sich sein Leben lang nach einer männlichen Identifikationsfigur.

*Als 15-Jähriger fährt Eckhard Hellmich mit dem Rad von Erfurt nach Schwerin, trifft dort den Zahnarzt und lässt sich das Grab des Vaters zeigen. Fast vier Jahrzehnte später wird die Urne mit der Asche des Vaters exhumiert und im Familiengrab in Frankfurt am Main beigesetzt.*

Ende 1946 ist für die Hellmichs die Zeit in Alt Kuddezow vorbei. Die polnische Regierung weist alle Deutschen aus, die nicht zur »Fraternisierung« bereit sind. Zur selben Zeit wird das jetzt russische Königsberg »von den Deutschen befreit«, so Eckhard Hellmich noch heute in der typischen DDR-Terminologie. Mit Pferd und Wagen zieht die Familie bei bitterer Kälte nach Erfurt, kommt mit Tausenden anderer Flüchtlinge ins Borsig-Lager am Stadtrand. Die Mutter mit ihren drei Kindern muss in einem Zimmer hausen. »Sie war wie eine Tigerin«, erzählt der Sohn. »Sie sagte immer: ‚Wenn du etwas von jemandem willst, geh selber hin!'« Sie geht zu dem zuständigen Beamten für die Wohnungsvergabe, und wenig später zieht die vierköpfige Familie Hellmich in eine Zweieinhalb-Zimmer-Wohnung mit Klo auf halber Etage.

Eckhard besucht acht Jahre die Grundschule in Erfurt. Aber Abitur machen und studieren darf er als I-Kind[2] nicht. Er beginnt eine Lehre als Fotolaborant, kann dann in ein Fotostudio nach Weimar wechseln und ist 1957 mit der Gesellenprüfung Porträtfotograf. Aber dem jüngeren Bruder Burghard geht es in der Schule schlecht. Hellmich: »Die Lehrerin war der Meinung: Die Schwester Karin ist ja recht begabt, Eckhard geht gerade noch, aber Burghard ist der dümmste!' Das hat unsere Mutter so erbost, dass sie ganz schnell fort wollte; denn aus uns 'sollte unbedingt etwas werden.'«

*Burghard, der vermeintlich dümmste, hat im Westen als Erster Abitur gemacht und Medizin studiert.*

Familie Hellmich lässt in der Erfurter Wohnung alles vom Klavier bis zur Geige zurück und fährt lediglich mit Handgepäck per S-Bahn von Ost-Berlin nach West-Berlin in die Freiheit. Eine Maschine der Air France bringt sie nach Hannover.

*Vier Jahre später, mit dem Bau der Mauer am 13. August 1961, schliesst die DDR dieses letzte legale Schlupfloch, und Flucht wird nun lebensgefährlich.*

Eine Schwester der Mutter wohnt im nahen Gifhorn und nimmt die Hellmichs auf. Tochter Karin hat eine Anstellung als Kartografin im Stadtplanungsamt Hannover; die Mutter, gelernte Apothekenhelferin, findet Arbeit als Altenpflegerin, Burghard geht zur Schule. Und Eckhard? Er stellt fest, ohne Arbeit gibt es 1958 im Westen keine Wohnung, ohne Wohnung keine Arbeit, und er hat keines von beiden. Panik! Er verbringt eine Nacht in der Wohnung seiner Schwester, ringt dann deren Vermieterin die Zusage ab, sich bei ihr polizeilich anmelden zu können und geht mit der Anmeldung zum Arbeitsamt. Der 17-Jährige bekommt einen Job als Wäschereihilfsarbeiter, ist einer von drei Männern zum Bedienen der Waschmaschinen zwischen hundert halbnackten Frauen, die in Hitze und Feuchtigkeit Berge von Bettwäsche und Handtüchern mangeln müssen. Sein Stundenlohn: 2,65 DM.

Aber Eckhard Hellmich möchte wieder Fotograf sein. Er findet Arbeit im Stadtplanungsamt Hannover, fotografiert für 300 DM im Monat Straßen- und Gewässernamen für Landkarten. Auf der Gewerblichen Abendschule macht er einen Lehrgang zum Reproduktionsfotografen, fängt dann in einem Fotostudio am Bahnhof in Hannover an, kommt dort jedoch aus dem Labor nicht heraus und fliegt nach einem Krach mit der Chefin – fristlos. Neue Panik. Er hat zwar ein möbliertes Zimmer, aber kein Geld für die Miete und wird Bauhilfsarbeiter – mit Schlechtwettergeld-Zusage und automatischer Gewerkschaftsmitgliedschaft.

Hellmich will immer noch unbedingt als Fotograf arbeiten. Mit einem Freund, einem Kraftfahrzeugschlosser und VW-Käferbesitzer, fährt er nach Hamburg. Die beiden mieten eine Gartenlaube im Stadtteil Eidelstedt. Hellmichs einziger Besitz ist eine Klarinette. Nach dem Motto der Mutter »Immer persönlich hingehen« besucht er den Innungsmeister der Fotografen, kann für ihn den aktuellen U-Bahn-Bau in der Hansestadt dokumentieren und bleibt auch, als die Geschäfte schlecht gehen. Der Chef zahlt ihm zum Schluss zwei DM pro Tag. »Das reichte gerade für zwei Brötchen und eine Ecke Schmierkäse. Seitdem habe ich nie wieder Schmierkäse gegessen. Sonntags ging ich in die Kirche, weil es zum Abendmahl eine Oblate zu essen gab.«

Eckhard Hellmich ist mal wieder am Ende. Er kündigt den Hungerjob, fährt mit dem letzten Geld zur Tante nach Gifhorn, beginnt als freier Mitarbeiter für zehn Pfennig pro Zeile für die »Gifhorner Rundschau« zu schreiben, einer Regionalausgabe der »Braunschweiger Presse«. Und dann kommt buchstäblich wie eine Erlösung 1961 der Einberufungsbefehl. »Die Bundeswehr«, sagt er, »gab mir, was ich nicht hatte: Unterkunft, Nahrung und Geld«. Nebenbei belegt er bei der Studiengemeinschaft Darmstadt ein Fernstudium in Journalistik. Nach Ende der Soldatenzeit hat er sein Fernstudium mit der Note Eins abgeschlossen und bemüht sich bei der »Braunschweiger Presse« um ein Volontariat. Abgelehnt. Nach dem Motto der Mutter: »Persönlich hingehen!« nimmt er den nächsten Zug von Braunschweig nach Hannover, spricht beim Chef vom Dienst der »Hannoverschen Presse« vor und hat – ohne Abitur! – eine zweijährige Stelle als Volontär für 280 DM pro Monat. Er geht durch alle Ressorts von Politik über Wirtschaft und Lokales bis zur Kultur und durch viele Bezirksredaktionen von Ahlfeld über Holzminden und Hameln bis nach Braunschweig.

Dort wechselt er 1966 als Redakteur zur Kokurrenz, der »Braunschweiger Zeitung«. In der Anzeigenabteilung arbeitet die Tochter einer begüterten Braunschweiger Familie. Sie heiraten. Sie ist seine große Liebe. Aber er nicht ihre. Nach gut einem Jahr lässt sie sich scheiden. Er hat das Gefühl, als Lokalredakteur genügte er ihr und ihrer Familie nicht. Und noch ein Gefühl der Unzulänglichkeit nagt an ihm: »Journalisten haben viel mit Akademikern und Spitzenkräften zu tun. Ich fürchtete mich immer vor der Frage ‚Und auf welchem Gymnasium haben Sie Abitur gemacht?' und fühlte mich ohne Abitur wie ein Hochstapler.«

Gleich neben der Redaktion logiert das Braunschweiger Abendgymnasium – die große Chance. Mit eiserner Disziplin holt Hellmich hier in vier Jahren nach, was ihm die sozialistische Gesellschaft der DDR verwehrt hatte: 1972 macht er die Reifeprüfung und hat damit auch das Große Latinum. »Ich war auf Wolke sieben!« Der Kettenraucher gibt schlagartig das Rauchen auf und rennt mit dem Abiturzeugnis zu seiner Ex-Frau, erzählt ihr, dass er jetzt studieren kann. Es interessiert sie nicht.

*Mehr als 30 Jahre später ruft sie ihn aus einem Blindenheim an der Ostsee an. Sie hatte einen Ingenieur für Flugzeugmotoren geheiratet und ihn auf seinen vielen Reisen zum Testen von Flugabwehrraketen nach Spanien und in die USA begleitet. Sie saß dann in Hotels, langweilte sich und wartete auf ihn, ihre große Liebe. Als er eines Tages tot umfiel, wollte sie nicht mehr leben. Sie ging an seinen Waffenschrank und schoss sich mit seinem Revolver in die Schläfe. Sie traf »nur« den Sehnerv. Jetzt möchte sie ein letztes Mal mit ihrem Ex-Mann reden. Er fährt hin, betritt ihr Zimmer und sieht auf ihrem Nachttisch zwei Männerfotos. Seines ist nicht dabei. »Das musste ich erst mal verkraften.«*

Der Journalist Eckhard Hellmich möchte jetzt Arzt werden. Dafür gibt es zwei Gründe. Der erste: Sein Bruder Burghard hat in Bonn Medizin studiert und sämtliche Studien- und Prüfungsunterlagen aufbewahrt. Der zweite ist subtiler: Hellmich kommt an einer Unfallstelle vorbei; am Straßenrand hält eine Frau ein Stück Papier hoch, auf das sie mit Lippenstift das Wort »Arzt« geschrieben hat. »Als Arzt hätte ich jetzt helfen, also etwas Sinnvolles machen können«, überlegt er. »Als Journalist profitiere ich von dem Leid anderer Menschen, indem ich darüber schreibe.«

Er übernimmt Burghards Studentenbude in Bonn, bekommt auch sofort einen Studienplatz und schafft mit den Unterlagen des Bruders das Medizinstudium in der Regelzeit von sechs Jahren. 1974 hat der Bafög-Student die fast gleichaltrige Hauptschullehrerin für Englisch, Deutsch und Geschichte Hannelore Brandenburg kennengelernt. Sie ist eines von fünf Kindern eines Land- und Gastwirts aus Stadtkyll in der Eifel und war lange in Kanada, London und Paris, um Sprachen zu lernen, für die in ihrer Familie kein Geld ausgegeben wurde. »Wir lebten vier Jahre in Sünde«, erzählt Hellmich, der sich immer nach Sicherheit und Planbarkeit in seinem Leben gesehnt hat. Sie wird sein stabilisierendes Element. »Vor ihr habe ich schon mal eine Klausur verhauen und musste sie nachschreiben. Mit ihr ist das nie mehr passiert.« 1978 macht er sein Examen, ein Jahr später wird geheiratet.

Für seine Facharztausbildung ziehen die Hellmichs nach Lübeck. Er arbeitet zuerst als Anästhesist in der Universitätsklinik, fühlt sich dabei aber lediglich als Handlanger des Operateurs und wechselt zur Frauenheilkunde, »der einzigen Fachrichtung, die Menschen auf natürlichem Weg ins Leben hilft! Ich bin der akademische Beobachter eines physiologischen Vorgangs. Ein wunderbares Fach!« Bei der ersten Geburt, die er allein zu verantworten hat, nimmt die Gebärende seine Hand und sagt: »Ich brauch Sie jetzt hier oben. Da unten« werden Sie noch oft genug dabei sein!« Als das Kind kommt, bricht ein überwältigter Eckhard Hellmich in Tränen aus. Rund tausend fremde Babys hat er seitdem auf dem Weg ins Leben begleitet. Und eigene Kinder? »Wir waren mit Mitte 40 zu alt«, sagt er. Da macht sich wieder das alte DDR-Muster bemerkbar. In der DDR bekamen die Frauen ihre Kinder möglichst früh mit Anfang zwanzig, die Mittvierziger galten schon als Großeltern-Generation.

Er ist noch Assistenzarzt, da bauen die Hellmichs in Lübeck ein Haus. 1987 eröffnet er eine Praxis für Frauenheilkunde in einer alten Jugendstilvilla. Sein Erfolgsrezept: »Ich habe als Journalist gelernt, Fachwissen in einfachen Worten wiederzugeben. Und ich fühle mich als redlicher Diener meiner Patientinnen, bin mir der Würde des Augenblicks bei einer intimen Untersuchung bewusst.« In einer Zeit, in der immer mehr Frauen zu Gynäkologinnen gehen, kommen zu ihm sogar viele Kolleginnen. Eine Nichte, fertige Grafikdesignerin, assistiert bei ihm vier Wochen und möchte dann auch Frauenärztin werden. Der Vater schäumt, will nicht noch ein Studium bezahlen, die Hellmichs übernehmen die Finanzierung.

2007, nach 20 Jahren, übergibt Eckhard Hellmich seine Praxis an zwei Gynäkologinnen. Seine Frau Hannelore, ebenfalls in Pension, bringt Asylantenkindern in Lübeck kostenlos Deutsch bei. Er spielt Klarinette, singt Bass in einem Kirchenchor und in der Lübecker Singakademie, beide besuchen Theateraufführungen und Konzerte, reisen viel. Er ist auf dem Goldgräberfluss Yukon gepaddelt, hat auf Spitzbergen fotografiert, ist in Grönland Hundeschlitten gefahren, hat ein Jagdrevier zwischen Hamburg und Lübeck und ist in der mongolischen Wüste drei Wochen auf Birding, also Vogelbeobachtung gewesen.

»Heute«, sagt der Mann, dessen Biografie gut für zwei weitere Leben reicht, »heute habe ich meine Mitte gefunden!« Zumindest tagsüber. Denn nachts in seinen Träumen kommen immer mal wieder die Urängste zurück: »Ich habe keine Arbeit und keine Wohnung und vor mir ein leeres Blatt Papier, das auf einen Pressetext wartet...«

## Anmerkungen:

¹⁾ Die Zahl der zwischen 1945 und 1949 von den Polen aus den deutschen Ostgebieten vertriebenen oder zwangsausgesiedelten Deutschen schwankt zwischen 3,6 Millionen nach polnischen Angaben und 4,5 Millionen nach Berechnungen deutscher Historiker.

²⁾ Die DDR (Deutsche Demokratische Republik) stufte Schulkinder nach Beruf und Status der Eltern ein. A- und B-Kinder, also Arbeiter- und Bauernkinder konnten problemlos Abitur machen und studieren; so sollte das frühere Bildungsprivileg der »herrschenden Klasse« gebrochen werden. Das I stand für Intelligenz und bezeichnete Kinder von Wissenschaftlern, Ärzten, Pastoren, Ingenieuren und Künstlern. I-Kindern wurde der Zugang zu Abitur und Studium häufig verwehrt.

## 11. *Elfriede Schmitt*
# Verliebt in MeckPomm

»Ich bin ein Glückskind«, sagt sie. Verträgt sich diese Selbsteinschätzung mit einer Frau, die im Zweiten Weltkrieg die Eltern und die jüngere Schwester verlor, fünf Kinder von vier Männern zur Welt brachte und jetzt allein das ehemalige Eisenbahnstellwerk im mecklenburgischen Zarrentin am Schaalsee bewohnt? Bei Elfriede Schmitt, geborene Jansen, der früheren Hausdame und Veranstaltungs-Organisatorin im berühmten Hamburger Curio-Haus geht das. Problemlos.

Sie wird am 21. Februar 1937 im preußischen Altona westlich der Hansestadt geboren. Gut fünf Wochen später macht das Groß-Hamburg-Gesetz[1)] mit seinen Gebietsbereinigungen aus dem bedeutenden Industrie-Standort einen Stadtteil von Hamburg und aus der Preußin eine Hanseatin. Die Vorfahren väterlicherseits kommen aus Stralsund, die mütterliche Linie stammt aus dem Gemüse-Anbaugebiet Vierlande. Für die Mutter bleiben aus dem bäuerlichen Erbe ein Fettwarengeschäft, in dem Eier, Schinken, Wurst und Käse verkauft werden sowie ein Wochenendhäuschen mit kleinem Garten südlich der Elbe auf dem Athabaskahöft.

Elfriede Jansen besucht einen katholischen Kindergarten, wird auf der Großen Freiheit, einer Abzweigung der berühmten Reeperbahn, eingeschult. Alliierte Bomberstaffeln legen die Schule in Schutt und Asche. »Aber weil meine Eltern unbedingt wollten, dass ich viel lerne«, fährt sie jeden Morgen über die Elbe zur

Volksschule nach Finkenwerder, bis auch dieser Hort scheinbarer Normalität wegen der Luftangriffe auf die nahen Werften geschlossen wird. Also Kinderlandverschickung[2] (KLV) nach Tewel in der Lüneburger Heide. »Wir waren nur 16 Kinder und ich das einzige Mädchen«, erzählt sie. »Wir standen da wie auf einem Sklavenmarkt, und die örtlichen Bauern suchten sich je ein Kind aus.« Sie kommt zu einem Landwirt mit zwei Söhnen und genießt vormittags vor dem Schulunterricht die Arbeit auf dem Feld – zum Beispiel beim »Kartoffeln stoppeln« mit den bloßen Händen in der warmen, weichen Erde.

Nach anderthalb Jahren ist der Zweite Weltkrieg zu Ende und Elfriede Jansen Vollwaise.

Die Eltern verbrachten die Sonntage mit ihrer jüngeren Tochter in dem kleinen Haus am Athabaskerhöft. Ein Erdbunker im Elbdeich sollte sie vor den feindlichen Bomben schützen. Als der Vater – als Eisenbahninspektor »noch an der Heimatfront« – an jenem Sonntag im Juni 1944 die Bombe hörte, war es schon zu spät: Frau und Tochter lagen tot im Bunker. Elfriede Jansen: »Mein Vater kam nach der Beerdigung in die KLV und erzählte mir schonend und in Raten, was passiert war. Ich pflückte am Rand eines Moorwegs mit feinem weißem Sand einen Riesenstrauß Erika für das Grab.«

In den folgenden Monaten füllte sich die Lüneburger Heide mit Kriegsflüchtlingen. Versprengte Soldaten wollten weiterkämpfen, obwohl die britischen Besatzer näher rückten. Elfriede Jansen: »Wir versteckten uns in den Hütten der Torfstecher mitten im Moor, bis die Engländer da waren. Ihre Panzer standen vor der Friedenseiche in Tewel. Ich fühlte mich als Besiegte und schämte mich!«

Endlich, im August 1945 bringt ein klappriger Bus die KLV-Kinder aus Tewel zurück nach Hamburg. Alle anderen werden von ihren Eltern abgeholt, auf die achtjährige Elfriede wartete niemand. »Die Lehrerin wollte mich mit zu sich nehmen. Unterwegs erkannte ich aber die Parks und Straßen in der Nähe der großelterlichen Wohnung in Altona, und da die Sperrstunde mit Ausgangsverbot nahte, ließ mich die Lehrerin allein weitergehen.«

Wenn Familie Jansen die Großeltern besuchte, hatte es immer ein Ritual gegeben: Einer klingelte, die anderen versteckten sich, und die Großeltern mussten sie suchen. Elfriede also klingelte an diesem Augustabend 1945. Die Großmutter fragte: »Bist du allein?« »Ja!« Die Großmutter suchte alle bekannten Verstecke ab, fand aber niemanden. Und dann erfuhr Elfriede: Der Vater war noch im Herbst 1944 eingezogen und in der Nähe von Hannover stationiert worden. Auf einer Postkarte vom 18. April 1945 – also drei Wochen vor Ende des Zweiten Weltkrieges – hatte er seinen Eltern angekündigt, er wolle seine Tochter Elfriede aus der KLV in Tewel holen und zu ihnen bringen. Dann hatten sie nichts mehr von ihm gehört.

Die Großeltern schalten den Suchdienst der Deutschen Roten Kreuzes (DRK) ein. Vergeblich. Karl Jansens Schicksal lässt sich nicht aufklären. Er gilt als vermisst. »Meine Großeltern haben überlegt: Er war SA[3)]-Mann, und in der Lüneburger Heide gab es viele russische und ukrainische Fremdarbeiter....« Schließlich wird Elfriedes Vater Karl Jansen für tot erklärt, damit sie als Vollwaise die ihr zustehende Rente bekommt.

Der Krieg hat in Hamburg so viele Häuser zerstört, dass sich die Großeltern nach den Vorgaben der amtlichen Wohnraumbewirtschaftung ihre fünfeinhalb-Zimmer-Wohnung jetzt mit drei Flüchtlingsfamilien teilen müssen. Elfriede soll in eine 30 Minuten Fußweg entfernte Volksschule. Aber dort fällt der Unterricht wegen Mangel an Heizmaterial aus. Dennoch muss sie jeden Morgen mit ihrem Kochgeschirr los, um die Schulspeisung abzuholen. Das warme Essen ist die Hauptmahlzeit für Großeltern und Enkelin. Im Schreckenswinter 1946/47 verbringen die drei den Rest des Tages im Bett, auf das dünne Fensterglas malt der Frost Eisblumen – von innen. In den Ferien gibt es jeden Tag Kaltverpflegung in der Schule: Nescafé, Salzgebäck und Schokolade – amerikanische Köstlichkeiten für die hungernden Deutschen.

In der fünften Klasse absolviert Elfriede die Prüfung fürs Bertha-Lyceum in Hamburg-Othmarschen mit Bravour. »Ich wollte immer Schwester oder Ärztin werden. Aber für ein Medizinstudium war ich nicht ehrgeizig genug.« Also macht sie nach einem Haushaltsjahr beim DRK eine Ausbildung im Kinderkrankenhaus Altona, arbeitet drei Jahre auf der Chirurgie als Narkoseschwester. Als sie 17 ist, stirbt die Großmutter, ein Jahr später der Großvater. Von den anderen Verwandten in Ost- und Westdeutschland haben Krieg und Nachkriegszeit niemanden übrig gelassen. »Ich habe mich eigentlich nie allein und verlassen gefühlt«, sagt sie. »Während der KLV-Zeit lebte ich in der Bauernfamilie, später in Hamburg nahm mich die Familie meiner besten Freundin Helga praktisch als sechstes Kind auf.«

Elfriede Jansen möchte jetzt auch sechs Kinder haben! Und dieser Wunsch geht – fast – in Erfüllung. Mit 21 Jahren lernt sie beim Tanzen einen Apotheker kennen, der lieber malt und musiziert, als Pillen zu verkaufen. Vier Jahre später, 1962, heiraten die beiden. Weil das DRK keine verheirateten Krankenschwestern duldet, muss sich die Braut einen anderen Arbeitgeber suchen. Sie findet ihn bei Daimler-Benz, Autowerkstatt und Verkauf, wird dort Betriebsschwester und fährt – ein Geschenk der Firma – zur Hochzeit in einem 300er Mercedes mit Chauffeur. Als ihr erster Sohn Björn am 4. Januar 1964 nach vier Tagen Wehen mit einem Kaiserschnitt auf die Welt geholt wird, ist er irreparabel hirngeschädigt. Es braucht zehn Jahre, ehe die berufstätige Mutter ihr Kind für immer in ein Heim gibt; denn inzwischen hat sie zwei weitere Söhne zu versorgen.

Während der Ehe mit dem Apotheker arbeitet Elfriede abends in einer Kneipe, lernt einen Mann kennen, wird schwanger, lässt sich scheiden. Als Jan 1969 geboren wird, ist ihr »Techtelmechtel« mit dem Vater bereits zu Ende. Ein Jahr später bringt sie ihren dritten Sohn Kai zur Welt. Dessen Vater wandert nach Mallorca aus, möchte sie mitnehmen; aber »ich brauche den Norden!« Immerhin betreut sie jetzt sein Fünf-Zimmer-Haus mit Garten in der Horner Marsch. Und wenig später zieht dort ihr zweiter Ehemann, der Zimmermann Josef Schmitt ein. 1973 kommt ihr vierter Sohn Florian und 1975 die Tochter Anja zur Welt. »Und das war's dann auch mit den Kindern«, resümiert Elfriede Schmitt. Nach 23 Ehejahren lässt sie sich scheiden. Die drei Söhne sind inzwischen als Maurer, Zimmermann und Kupferschmied selbstständig. Sie zieht aus dem Haus in der Marsch mit der Tochter in eine kleine Hamburger Stadtwohnung.

Beruflich hat sie inzwischen Karriere in der Gastronomie gemacht. 1978 begann sie als Bufettdame im Restaurant des Curio-Hauses[4], Hamburgs damals berühmtestem Veranstaltungsort für bis zu 2 500 Gäste. In Abendkursen absolvierte sie die Ausbildung zur Hauswirtschaftsmeisterin und avancierte zur Hausdame. »Heute heißt das wohl Event-Managerin«, sagt Elfriede Schmitt. »Ich organisierte beispielsweise Konzerte mit Udo Jürgens und den Weather Girls, Preisverleihungen, Kostümfeste, Konferenzen, Bälle und Aids-Veranstaltungen. Und dabei war ich für alles verantwortlich: für Küche, Kellner und Köche, für Gläser, Geschirr und Tischwäsche, für den Toilettenmann, die Abwäscher und für das Obst oder die bestimmte Whisky-Marke in der Künstlergarderobe.« Ihre Tochter, gelernte Hotelfachfrau, hat ein Jahr mit ihr zusammen gearbeitet und dann den Job der Mutter als Hausdame im Curio-Haus übernommen.

Ostdeutschland ist für die Hamburgerin Elfriede Schmitt eine terra incognita, unbekanntes Land. Einmal, in den 80er Jahren, hat sie mit einem Raddampfer eine Elbefahrt stromaufwärts von Lauenburg nach Hitzacker gemacht – unter ständiger Bewachung eines Grenzbootes der Deutschen Demokratischen Republik (DDR). »Es war für mich unvorstellbar, dass es nach der Nazizeit auf deutschem Gebiet wieder einen Staat gab, der seine Bürger so unter Kontrolle hatte.«

Nach dem Mauerfall am 9. November 1989 bekommt sie im Curio-Haus einen neuen Kollegen, einen Gastronomen aus Mecklenburg. Von ihm lernt sie zwei Pflanzen kennen: den nach Knoblauch duftenden Bärlauch, dessen breite Blätter von Laien mit denen des giftigen Maiglöckchens verwechselt werden können, und den Sanddorn, dessen orangefarbene

Beeren wahre Vitamin-C-Bomben sind und sich zu köstlichen Marmeladen und Likören verarbeiten lassen. Elfriede Schmitt macht sich auf, Mecklenburg zu entdecken – und verliebt sich in dieses Land »mit den sanften Hügeln, Seen, Wiesen und Wäldern«[5], über das Reichskanzler Otto von Bismarck Ende des 19. Jahrhunderts gesagt haben soll: »Wenn ich wüsste, der Weltuntergang naht, würde ich nach Mecklenburg gehen. Dort passiert alles 100 Jahre später!«

Ein Alterssitz im Klützer Winkel oder am Schaalsee – das wär's. Im Februar 2002 findet Elfriede Schmitt im »Hamburger Abendblatt« die Anzeige: »Ehemaliges Eisenbahnstellwerk mit Grasland zu vermieten«, und zwar in Zarrentin am Schaalsee! Aber: Bis Jahresende muss sie noch arbeiten – also zu früh. Da nimmt das Schicksal einen zweiten Anlauf: Im April erscheint die Anzeige noch einmal. Und das »Glückskind« reagiert. Ein Telefonat, die Besichtigung, der Umzug, und ab Juli 2002 quält sich die Neu-Zarrentinerin noch sieben Monate jeden Morgen mit Tausenden anderer Mecklenburger über die Autobahn nach Hamburg.

Aus dem Grasland neben dem stillgelegten Schienenstrang[6] ist inzwischen ein naturnaher Garten geworden mit Blumen, Kräutern, Sträuchern und natürlich mit Bärlauch und Sanddorn. In dem Buch »Türen öffnen – Zarrentiner Zeitzeugen erzählen« beendet Elfriede Schmitt ihr biografisches Kapitel mit den Sätzen: »Und am Ende eines Sommers frage ich mich immer: Nächstes Jahr wirst du all das Schöne wiedersehen? Und dann freue ich mich darauf, auch auf meinen Liegestuhl im Garten.« Übrigens: Der Titel ihres Beitrags lautet »Heimat – wo ist das? Von West nach Ost«.

## Anmerkungen:

[1] Um eine Riesen-Elbbrücke westlich von Hamburg zu bauen, plädierte Reichskanzler Adolf Hitler für die Eingemeindung der preußischen Exklave Altona. Der Führerwunsch erfüllte sich mit dem »Gesetz über Groß-Hamburg und andere Gebietsbereinigungen« vom 1. April 1937. Außer Altona mit den Elbvororten wurden Hamburg die preußischen Gemeinden Wandsbek sowie Harburg-Wilhelmsburg zugeschlagen, dazu noch mehr als zwei Dutzend Gemeinden aus den Landkreisen Harburg, Pinneberg, Stade und Stormarn. Im Gegenzug gab Hamburg unter anderen Geesthacht und Cuxhaven an Preußen ab.

[2] Im Rahmen der KLV (Kinderlandverschickung) wurden ab September 1940 insgesamt 2,5 Millionen Kinder aus den vom Luftkrieg bedrohten deutschen Großstädten – meist mit ihren Lehrkräften – aufs Land evakuiert und dort unterrichtet. Außerdem mussten die Schüler je nach Alter ihren Dienst im Jungvolk oder in der Hitler-Jugend absolvieren. Die meisten Hamburger Kinder kamen nach Oberbayern. Verantwortlich für diese Aktion waren Baldur von Schirach, der Führer der Hitler-Jugend, und später auch der Bund Deutscher Mädel (BDM).

[3] SA ist die Abkürzung für Sturmabteilung, eine 1920 von der Nationalsozialistischen Deutschen Arbeiterpartei (NSDAP) als Saal- und Versammlungsschutz gegründete Organisation, die sich später zur paramilitärischen Kampf- und Propagandatruppe entwickelte und ab 1933 auch zur Ausschaltung des politischen Widerstands eingesetzt wurde.

[4] Das Curio-Haus wurde 1911 als Lehrervereinshaus der »Gesellschaft der Freunde des vaterländischen Schul- und Erziehungswesens« gebaut und nach dem Vereinsgründer von 1805 Johann Carl Daniel Curio benannt. Fast ein Jahrhundert lang galt das Curio-Haus als Hamburgs erste Adresse für Tagungen, Bälle und Bankette aller Art.

[5] Die Hamburgerin Elfriede Schmitt beschreibt ihre neue Heimat Mecklenburg in dem Buch »Türen öffnen – Zarrentiner Zeitzeugen erzählen«, das im August 2009 von der Erziehungswissenschaftlerin und Journalistin Dr. Ute Meister herausgegeben wurde. Mitglieder ihrer Zarrentiner Autorengruppe wie Elfriede Schmitt hatten für die 144 Seiten starke Publikation ihre eigene und/oder Biografien von Menschen aus dem ehemaligen DDR-Sperrgebiet aufgeschrieben. Das Buch gibt es unter der ISBN-Nummer 978-3-00-031030-0 im Handel.

[6] Zarrentin verdankt seinen Gleisanschluss der sogenannten Kaiserbahn, mit der Kaiser Wilhelm II. seine häufigen Reisen vom Regierungssitz in Berlin zum Marine- und Reichskriegshafen in Kiel verkürzen wollte. So wurden die beiden vorhandenen Zugverbindungen von Hagenow über Büchen nach Hamburg oder Lübeck 1897 ergänzt durch eine Querverbindung von Hagenow-Land über Zarrentin, Hollenbek, Schmilau und Ratzeburg nach Bad Oldesloe, die tatsächlich 25 Kilometer Strecke sparte. 1952 baute die Deutsche Demokratische Republik die Gleise von Zarrentin in Richtung Westen bis zur innerdeutschen Grenze ab. Im Osten fuhren Personenzüge zwischen Hagenow und Zarrentin bis zum Jahr 2000.

# Bibliografie

Anonyma, Eine Frau in Berlin, Frankfurt am Main, 2003

Buber-Neumann, Margarete, Plädoyer für Freiheit und Menschlichkeit, Berlin 2000

Burghardt, Petra, 300 Jahre Sophienthal, Ein Dorf mit Zukunft im Herzen Europas, Gudow, 2006

Burghardt, Petra, Geschichten von drüben, Norderstedt 2009

Chamberlain, Sigrid, Adolf Hitler, die deutsche Mutter und ihr erstes Kind, Gießen 2003

Engombe, Lucia, Kind Nr. 95 – Meine deutsch-afrikanische Odyssee, Berlin 2004

Fensch, Eberhard, So und nur noch besser – Wie Honecker das Fernsehen wollte, Berlin 2003

Frank, Rahel/Klähn, Martin/Wunnicke, Christoph, Die Auflösung – Das Ende der Staatssicherheit in den drei Nordbezirken, Schwerin 2010

Gelfand, Wladimir, Deutschland-Tagebuch 1945 – 1946, Berlin 2005

Giese, Richard/Brun, Hartmut, Griese Gegend – Sagen und Geschichten, Sitten und Bräuche, Schwerin 1992

Gillhoff, Johannes, Jürnjakob Swehn der Amerikafahrer, München 2001

Graf von Lehndorff, Hans, Ostpreußisches Tagebuch – Aufzeichnungen eines Arztes aus den Jahren 1945 – 1947, April 1967

Grashoff, Udo, »In einem Anfall von Depression...« , Selbsttötungen in der DDR, Berlin 2006

Grellmann, Heike, Missis's Geheimnisse oder Wie entsteht ein Kinofilm? Neuenkirchen 2007

Jacobs, Ingeborg, Freiwild – Das Schicksal deutscher Frauen 1945, Berlin 2009

Jauch, Anke, Die Stasi packte zu, Frankfurt am Main, 2007

Klier, Freya, Wir Brüder und Schwestern, München 2000

Klier, Freya, Michael Gartenschläger – Kampf gegen Mauern und Stacheldraht, Berlin 2009

Knabe, Hubertus, Die Täter sind unter uns, Über das Schönreden der SED-Diktatur, Berlin 2007

Knabe, Hubertus, (Hg.) Gefangen in Hohenschönhausen, Stasi-Häftlinge berichten, Berlin 2007

Knabe, Hubertus, Honeckers Erben, Die Wahrheit über DIE LINKE, Berlin 2009

Knabe, Hubertus, Tag der Befreiung? Das Kriegsende in Ostdeutschland, Berlin 2008

Köpp, Gabi, Warum war ich bloß ein Mädchen? Das Trauma einer Flucht 1945, München 2010

Kowalczuk, Ilko-Sascha, Endspiel – Die Revolution von 1989 in der DDR, München 2009

Labs, Simone, Keine Ausfahrt Zarrentin, Grenzlandgeschichten aus Westmecklenburg, Berlin 2006

Maaz, Hans-Joachim, Der Gefühlsstau – Ein Psychogramm der DDR, Berlin 1990

Mählert, Ulrich, Kleine Geschichte der DDR, München 1998

Meyer-Rebentisch, Karen, (Hg.) Grenzerfahrungen, Schwerin 2009

Münch, Ingo v., »Frau, komm!« Die Massenvergewaltigungen deutscher Frauen und Mädchen 1944/45, Graz 2009

Müller, Bodo, Faszination Freiheit. Die spektakulärsten Fluchtgeschichten, Berlin 2000

Nádas, Peter/Swartz, Richard, Zwiesprache – Vier Tage im Jahr 1989, Reinbek bei Hamburg, 1994

Neumann, Eva-Maria, Sie nahmen mir nicht nur die Freiheit, München 2008

Riemann, Erika, Die Schleife an Stalins Bart, Ein Mädchenstreich, acht Jahre Haft und die Zeit danach, Hamburg 2002

Riess, Curt, Berlin Berlin 1945 – 1953, Berlin-Grunewald 1953

Röhl, Klaus Rainer, Linke Lebenslügen, Eine überfällige Abrechnung, Frankfurt/M – Berlin 1994

Rohrbeck, Martin, **Wie** wird man **was** beim **Film** Berufsbilder – Abläufe – Praxisbeispiele, Leipzig 2008

Satjukow, Silke, Befreiung? Die Ostdeutschen und 1945, Leipzig 2009

Schabowski, Günter im Gespräch mit Frank Sieren, Wir haben fast alles falsch gemacht, Die letzten Tage der DDR, Berlin 2009

Schädlich, Susanne, Immer wieder Dezember. Der Westen, die Stasi, mein Onkel und ich, München 2009

Scholze, Thomas/Blask, Falk, Halt! Grenzgebiet! Leben im Schatten der Mauer, Berlin 2006

Schreiber, Jürgen, Die Stasi lebt, München 2009

Schröder, Richard, Die wichtigsten Irrtümer über die deutsche Einheit, Freiburg i.B. 2007

Schultke, Dietmar, Die Grenze, die uns teilte – Zeitzeugenberichte zur innerdeutschen Grenze, Berlin 2005

Sellin, Fred, Wenn der Vater mit dem Sohn – Unsere Wanderung durch Deutschlands unbekannte Mitte, München 2009

Thorwald, Jürgen, Es begann an der Weichsel/Das Ende an der Elbe, Frankfurt 1959

Toben, Karin, Heimatsehnen, Zwangsaussiedlungen an der Elbe zwischen 1952 und 1975, Neuhaus 2008

Treuenfels, Carl-Albrecht v., Kraniche – Vögel des Glücks, Hamburg 1998

Treuenfels, Carl-Albrecht v., Zauber der Kraniche, München 2006

Urban, Thomas, Der Verlust – Die Vertreibung der Deutschen und Polen im 20. Jahrhundert, München 2006

Voigt, Jutta, Der Geschmack des Ostens, Vom Essen, Trinken und Leben in der DDR, Berlin 2005

Voigt, Jutta, Westbesuch, Berlin 2009

Welser, Maria v., Am Ende wünschst du dir nur noch den Tod – Die Massenvergewaltigungen im Krieg auf dem Balkan, München 1993

Westfield, Wim, Nur Engel fliegen höher, Berlin-Brandenburg 2008

Wieck, Michael, Zeugnis vom Untergang Königsbergs – ein »Geltungsjude« berichtet, München 2009

Wolf, Peggy, Fahnenflucht – Geschichten aus einem verschwundenen Land, Berlin 2007